雨と夢のあとに

成井豊＋真柴あずき
Yutaka Narui + Azuki Mashiba

論創社

雨と夢のあとに

写真撮影
山脇孝志（カバー）
伊東和則（本文）
ブックデザイン
ヒネのデザイン事務所＋森成燕三

目次

雨と夢のあとに

THE LAST SUMMER WITH MY FATHER

原作　柳美里

登場人物

雨　　　（小学六年）
朝晴　　（雨の父・ベーシスト）
暁子　　（雨の隣人・イラストレーター）
マリア　（雨の母・ジャズ歌手）
早川　　（朝晴の先輩・ライブハウス経営者）
霧子　　（早川の妻）
北斗　　（早川の息子・大学二年）
高柴　　（暁子の元恋人・カメラマン）
康彦　　（サックスプレイヤー）
正太郎　（康彦の父・ピアニスト）
ちえみ　（マリアのマネージャー）
水村　　（看護師）
沢田　　（看護師）
大谷　　（ＯＬ）
熊岡　　（サラリーマン）
番場　　（アナウンサー）
波代　　（雨の祖母）
洋平　　（雨の祖父・果樹園経営）
広瀬　　（精神科医）

原作　柳美里『雨と夢のあとに』（角川書店）

1

雨・北斗がやってくる。北斗はバッグを持っている。

雨　お父さん？（奥の部屋を覗いて）お父さん？
北斗　ほらな、やっぱりまだだったろ？　だから急ぐことないって言ったんだ。
雨　でも、もう帰ってていい時間だよ。
北斗　どうする、雨？
雨　何が？
北斗　朝晴さん、あっちに永住するつもりだとしたら。たとえば、キレイな人と恋に落ちて、「帰らないで」って泣きつかれたとか。

雨　ホッくん、くだらないこと言わないで。
北斗　あっ！　それとも、飛行機が落ちたとか。
雨　怒るよ、ホッくん！
北斗　冗談だよ、冗談。あの人、のんびりしてるからな。たぶん寝坊して、乗り遅れたんじゃないか？

雨　そうかもしれない。出かける時も、ギリギリだったたし。
北斗　パスポートを忘れるところだったんだろう？　全く、世話が焼けるよな。
雨　しょうがないよ。お父さんの頭は、チョウチョでいっぱいだったんだから。
北斗　何だっけ、朝晴さんが探しに行ったのは。
雨　何度も教えたでしょう？　コウトウキシタアゲハ。幻の蝶って呼ばれてるの。
北斗　幻なんて、大袈裟だな。
雨　だって、本当に珍しい種類なんだよ。見つけるだけでも大変なんだから。
北斗　じゃ、手ぶらで帰ってくる可能性もあるわけだ。
雨　絶対に捕まえてくるよ、お父さんは。
北斗　そうじゃないと、雨が困るもんな。一週間もほっとかれたわけだし。
雨　私は別に。
北斗　どうする？　朝晴さんが帰ってくるまで、いてやろうか？
雨　いいよ。
北斗　でも、一人じゃ淋しいだろう？　何なら、もう一晩、家に泊まるか？
雨　大丈夫。お父さんが帰ってきて、私がいなかったらかわいそうでしょ？
北斗　全く、どっちが子供だかわからないな。
雨　ホックくんに言われたくないと思う。
北斗　どういう意味だよ。
雨　いいから帰って。私は一人で平気だから。

北斗　じゃ、朝晴さんに伝えてくれよ。お土産、楽しみにしてますって。
雨　わかった。おじさんとおばさんによろしくね。

北斗が去る。雨が椅子に座る。

雨　……私とチョウチョと、どっちが大切なの？　お父さんのバカ。

雷の音。雨が立ち上がり、窓に歩み寄る。外を見る。と、雨が振り返る。

雨　……誰？

傘を差した人々、コートを着た人々が通り過ぎる。その中に、朝晴がいる。雨が朝晴を追いかける。が、見失う。雨が再び椅子に座り、目を閉じる。
雨が目を開けて、立ち上がる。暁子がやってくる。

暁子　雨ちゃんよね？
雨　はい……。
暁子　隣に住んでる、小柳です。先月、引っ越してきた。今までご挨拶にも行かなくて、ごめんなさい。

雨　いいえ。
暁子　余計なことかもしれないけど、お父さんはお出かけ？
雨　はい。今、ちょっと旅行へ。
暁子　あなたは一緒じゃなかったの？　それとも、先に帰ってきたの？　もしかして、喧嘩しちゃった？
雨　いいえ、私は留守番で。今朝まで、知り合いの家に泊まってたんです。
暁子　あ、そうなの。良かったら、家で紅茶を飲んでいかない？
雨　……はい。

雨が椅子に座る。暁子がティーカップを二つ持ってくる。

暁子　チョウチョ？　チョウチョのために台湾へ行ったの？
雨　珍しい蝶なんです。それを捕まえるのが、父の夢で。
暁子　雨ちゃんのお父さんて、チョウチョの研究家？
雨　いいえ。蝶はただの趣味で、本職はベーシストなんです。
暁子　じゃ、あれはお父さんが弾いてたんだ。道理で上手だと思った。
雨　うるさいですか？　すいません。
暁子　謝ることないのよ。時々、仕事のＢＧＭにさせてもらってるから。
雨　え？　小柳さんは——

暁子　小柳じゃなくて、暁子でいいよ。

雨　暁子さんは、ここで仕事をしてるんですか？

暁子　うん。私の仕事はイラストレーター。絵本とか雑誌の挿絵を描いてます。（立ち上がり、本棚から本を取ってきて）ほら、こういう感じ。

雨　（受け取って）うわー、かわいい。

暁子　気に入ってくれた？

雨　はい。私、絵が下手クソだから、羨ましいです。尊敬します。

暁子　お世辞を言っても、紅茶しか出ないよ。

雨　お世辞じゃありません。本気です。

暁子　ごめん、ごめん。雨ちゃんて、いい子ね。こんなにいい子だってわかってたら、もっと早く話しかけたのに。暇な時は、いつでも遊びに来て。

雨　はい。

暁子　雨ちゃんの名前、素敵よね。お父さんがつけたの？

雨　いえ、亡くなった母が。

暁子　お母さん、亡くなったの？

雨　私が二歳の時に。だから、私、顔も覚えてないんです。

暁子　でも、写真があるでしょう？

雨　父が全部、処分しちゃって。

暁子　そう……。どんな人だったかも聞いてないの？

雨　はい。母のことは、忘れたいみたいで。
暁子　……それだけ、深く愛してたのね。きっと。
雨　（頷く）

雷の音。暁子が去る。雨が椅子に座り、目を閉じる。朝晴がやってくる。ベースを弾き始める。
雨が目を開ける。

雨　……お父さん？
朝晴　（手を止めて）おはよう。
雨　いつ帰ってきたの？
朝晴　ついさっき。おまえ、寝るなら、布団で寝ろよ。風邪引くじゃないか。
雨　待ってたの、お父さんを。
朝晴　言い訳してないで、顔洗ってこいよ。もう七時だぞ。それとも、布団で寝直すか？
雨　お父さん！
朝晴　何だよ、大きな声出して。
雨　お父さん、私は怒ってるんだよ。
朝晴　え？　何で？
雨　何でじゃないよ。遅くなるなら遅くなるって、ちゃんと連絡してよ。
朝晴　こっちもいろいろ大変だったんだよ。

13　雨と夢のあとに

雨　どうせ寝坊して、飛行機に乗り遅れたんでしょう？
朝晴　違う違う。聞いてくれよ、雨。俺、ついにコウトウキシタアゲハを見つけたんだ。
雨　本当？
朝晴　ああ。森の中を何日も歩き回って、もうダメかなって諦めかけた時、目の前をフッと通りすぎていきやがって。慌てて追いかけて、追いかけて、やっと追いついて。静かに近づいて、捕虫網をエイッて振ったら、体がフワッて宙に浮いた。
雨　どういうこと？
朝晴　穴に落ちたんだよ。落ち方がまずかったのか、体中が痛くて痛くて。
雨　怪我は？
朝晴　ほら、見ろ。擦り傷一つない。やっぱり、日頃の行いがいいからかな。
雨　チョウチョは？　逃がしちゃったの？
朝晴　俺もそう思ったんだけどな。捕虫網の中を確かめたら、ちゃんといたんだ。コウトウキシタアゲハが。（とリュックの中から包みを出し、開いて）ほら。
雨　……これが幻の蝶？
朝晴　そうだよ。キレイだろう？
雨　うん。良かったね、お父さん。
朝晴　これ、おまえにやるよ。
雨　え？　いいよ。
朝晴　いいや、もらってくれよ。俺はこれをおまえに見せたくて、必死で森の中を歩き回ったんだから。俺がこいつと出会ったのは小学校の時だ。図書室の昆虫図鑑。こんなにキレイな生き物がこの世に存在するなんて、信じられなかった。でも、もし存在するなら、ぜひこの目で見てみたい。そう思ったんだ。結局、二十二年もかかっちゃったけどな。雨、こいつはもう幻じゃない。だって、おまえの目にも見えるだろう?

雨　(頷いて) 忘れてた。

朝晴　え?

雨　お帰りなさい、お父さん。

朝晴　ただいま、雨。

2

朝晴・雨が立ち上がる。暁子がやってくる。

暁子 おはよう、雨ちゃん。

雨 おはようございます。(朝晴に)お隣の暁子さん。昨日、紅茶をご馳走してもらったの。

朝晴 へえ。

雨 ちゃんとお礼を言って。

朝晴 (暁子に)ありがとうございました。

暁子 いいえ。どこか遊びに行くんですか?

朝晴 仕事の打ち合わせなんです。吉祥寺のライブハウスで。

雨 (暁子に)お父さんは毎月一回、そこでライブをやってるんです。今度、聞きに来てくださいね。

朝晴 いけね。財布を忘れた。

雨 いいよ。私が取ってくるから。

雨が去る。

暁子　桜井さん、あなた、旅行中に事故に遭いませんでしたか？

朝晴　事故？

暁子　車にぶつかるとか、飛行機が落ちるとか。

朝晴　飛行機が落ちたら、今頃、ここにはいませんよ。

暁子　よく思い出してください。何か、危ないって感じた記憶はないですか？

朝晴　そう言えば、森の中で穴に落ちました。蝶を追いかけてる時。

暁子　それだ。

朝晴　それって？

暁子　あなたはどうやって穴から出ましたか？　自力で出たんですか？　それとも、誰かが助けに来てくれたんですか？

朝晴　さあ、どっちだったかな。何しろ、興奮してたんで、よく覚えてなくて。

暁子　桜井さん、落ち着いて聞いてください。あなたはもう死んでますよ。

朝晴　え？

暁子　あなたは穴に落ちて、死んだんです。だから、その後のことを覚えてないんですよ。

朝晴　冗談はやめてください。だったら、ここにいる僕は何なんです。

雨が戻ってくる。

雨　お父さん、取ってきたよ。
朝晴　行こう、雨。（と歩き出す）
雨　暁子さん、行ってきます。
暁子　行ってらっしゃい。

暁子が去る。早川・北斗がやってくる。

朝晴　タケさん、雨がいろいろお世話になりました。
早川　おまえ、昨日は何時に帰ってきた。
雨　昨日じゃなくて、今日だよ。朝の七時。
早川　雨、やっぱり、うちの子になれ。
雨　え？
早川　だって、昨夜は一人で寝たんだろう？　そんな淋しい思いをさせる男とは、さっさと縁を切れ。今、この瞬間から、俺がおまえのお父さんだ。さあ、お父さんて呼べ。パパでもダディでもいいぞ。
雨　ごめんなさい。おじさんの気持ちはうれしいんですけど。
早川　なぜだ。俺より、こんな勝手な男の方がいいって言うのか？
北斗　雨の顔を見ろよ。昨日までと別人じゃないか。

朝晴　そうなのか？
北斗　こいつ、うちにいる間、朝晴さんの話ばっかりしてたんですよ。今頃、起きたかな、もうご飯食べたかなって。
雨　やめてよ、ホッくん。
北斗　でも、ホントのことだろう？　良かったな、朝晴さんが無事に帰ってきて。
朝晴　（雨に）来年は一緒に行くか？
雨　いいの？
朝晴　そのかわり、体を鍛えろよ。毎日、十時間は歩かなきゃいけないんだから。
雨　わかった。明日から、ジョギングを始める。
北斗　三日坊主にならないようにな。
朝晴　タケさん、霧子さんは？
早川　楽屋じゃないか？　明日のライブの打ち合せだよ。久慈と。
朝晴　久慈って、久慈康彦ですか？　懐かしいなあ。
雨　知ってる人？
朝晴　ああ。駆け出しの頃、一緒にバンドを組んでたんだ。楽器はサックス。
早川　（雨に）すごいバンドだったんだぞ。
北斗　（朝晴に）そのバンドはどうして解散したんですか？
早川　メンバーの一人が、よそへ引き抜かれてな。まあ、よくある話だよ。雨、腹は減ってないか？　スパゲティで良かったら、作ってやるぞ。

雨　ありがとう。私、おじさんのミートソース、大好き。
北斗　俺も大好き。
早川　おまえはトイレ掃除でもしてろ。
北斗　何だよ、それ。よその子より、実の子を可愛がれよ。

雨・早川・北斗が去る。霧子・康彦・正太郎がやってくる。椅子に座る。

康彦　そうそう、昨日、成田でマリアに会ったんですよ。
霧子　へえ。あの子、元気にしてた？
康彦　ええ。昨日まで、ロサンジェルスへ行ってたそうです。レコーディングで。でね、明日のライブの話をしたら、あいつ、覗きに来るって。

朝晴が霧子に歩み寄る。

朝晴　お邪魔します、霧子さん。
霧子　（康彦に）嘘でしょ？
朝晴　え？
康彦　（霧子に）いや、本気でしたよ。あいつ、今日から一週間、オフなんだそうです。何も予定を入れてないから、大丈夫だって。

朝晴　久しぶりだな、康彦。おまえ、今、ハワイに住んでるんだろう？
霧子　（康彦に）信じられない。ひょっとして、あなたが誘ったの？
朝晴　康彦をですか？
康彦　（霧子に）当たりです。あいつが飛び入りで出てくれたら、盛り上がると思ったんで。
朝晴　誰の話をしてるんだ？
康彦　（霧子に）誰でもいい、俺が呼びたいヤツを集めろって言ってたじゃないですか。
霧子　言ったわよ。でも、うちにあの子のギャラなんて払えないわよ。
朝晴　霧子さん？
康彦　（霧子に）心配いりませんよ。後で俺が飲みに連れていきますから。それでオーケイです。
朝晴　康彦。おい、康彦！

正太郎が立ち上がる。

正太郎　いくら大声を出しても、聞こえないよ。
朝晴　え？
正太郎　俺は久慈正太郎。康彦の父親だ。
朝晴　父親？　でも、康彦の方が老けて見えますが。
正太郎　当たり前だ。俺は三十で死んだからな。こいつはまだ五歳だった。
朝晴　死んだって？

正太郎　康彦から聞いてないか？　酔っ払って、道路に飛び出しちまった。でも、こいつを残して、あの世に行く気にはどうしてもなれなくて。で、ずっとそばで見守ってるってわけだ。

朝晴　ちょっと待ってください。あなた、何を言ってるんですか？

正太郎　桜井さんだよな？　十年ぐらい前に、康彦とバンドをやってた。あの時は、康彦が世話になったたな。

朝晴　すいません。俺、何が何だか、全然わからないんですけど。

正太郎　だから、あんたは死んでるんだよ。

朝晴　嘘だ。

正太郎　嘘なもんか。ほら、見ろ。康彦にも霧子さんにも、あんたの声は聞こえてない。あんたの姿も見えてない。

朝晴　でも、雨には見えてる。タケさんにも北斗にも見えてる。

正太郎　見えるやつには見えるんだよ。そいつとだったら、話もできるし、体に触ることだってできる。でもな。

正太郎が康彦の肩をつかむ。康彦は気がつかない。

正太郎　見えないやつには触れない。こうして肩をつかんでも、何も感じないいんだ。

朝晴　康彦、おまえ、ホントは気づいてるんだろう？　おまえら、みんなで俺をかついでるんだろう？

霧子と康彦が笑う。

正太郎　信じられないなら、あんたも触ってみろ。ほら。

朝晴が霧子の肩をつかむ。霧子は気がつかない。

朝晴　霧子さん？　霧子さん！

正太郎　これでわかっただろう？　あんたは幽霊なんだ。

朝晴　……嘘だ。嘘だ！

霧子・康彦が去る。正太郎も去る。

3

暁子がやってくる。

暁子　お帰りなさい。

朝晴　吉祥寺の駅で、切符を買おうとしたんです。でも、財布を雨に預けたままだったことを思い出して。近くの交番へ行って、お金を貸してくださいって頼んだんですよ。何人も警官がいるのに、誰も俺の方を見ようとしないんです。そのうち腹が立ってきて、叫びました。「俺が三億円事件の犯人だ！」って。見事に無視されました。叫んでも叫んでも、一人も振り向かないんです。気づいたら、交差点の真ん中に立ってました。しかも、信号は、とっくに赤になってて。遠くからトラックが、俺に迫ってくるのが見えました。しかも、スピードを落とさずに。慌てて逃げようとしたんですが、足が動かなくて。そしたら。

暁子　どうなったんですか？

朝晴　トラックが、俺の体を突き抜けたんです。トラックだけじゃない。バスもバイクも、タクシーも。俺、百回ぐらい轢かれました。いや、轢かれたわけじゃない。全部の車が、俺を突き抜けていきました。小柳さん、やっぱり、あなたの言った通りだったんですね。

暁子　やっと信じてくれたんですね。

朝晴　でも、どうしてわかったんですか？　いや、その前に、どうしてあなたには俺が見えるんですか？

暁子　その話は中でしましょう。雨ちゃんが帰ってくる前に。

朝晴・暁子が椅子に座る。

暁子　たぶん、私は霊感が強いんだと思います。子供の頃から、何度も幽霊を見てきましたから。

朝晴　それが幽霊だって、どうしてわかるんですか？

暁子　首の後ろの方がゾクゾクッてするんです。今朝、桜井さんに会った時も、ゾクゾクッて。

朝晴　でも、雨は？　あいつには霊感なんてないと思うけど。

暁子　たぶん、心が繋がってるからじゃないかな。あなたと雨ちゃんはお互いを思い合ってる。だから、見えるんです。

朝晴　愛の力ってことですか？

暁子　そうです。良かったですね、雨ちゃんに見えて。

朝晴　昼間、あなたと話した後、必死で考えたんです。穴に落ちた時のこと。体中が痛くて、身動きもできなくて。参ったなあって思ったんです。このまま死んだら、雨は独りぼっちになるなあって。で、だんだん意識が遠くなって。次に気づいた時には、もうここでベースを弾いてた。

暁子　体を穴の中に残して、魂だけが戻ってきたんですよ。

朝晴　（笑って）バカだよな、俺。自分が死んだことにも気づかないで、のこのこ帰ってくるなんて。

暁子　それは、雨ちゃんのためでしょう？　雨ちゃんを残して、死ぬわけには行かない。そう思ったから、帰ってきたんですよ。

朝晴　俺、このままでもいいですかね？

暁子　このままって？

朝晴　雨も、俺が死んだことには気づいてない。だったら、生きてるフリをして、暮らし続けたって構わないでしょう？

暁子　でも、いつかはバレると思いますよ。他の人には、あなたが見えないんだから。

朝晴　そうか。

暁子　正直に話した方がいいんじゃないですか？　自分はもう死んでるって。

朝晴　無理です、そんなこと。あいつには母親がいないんですよ。その上、俺まで死んだってわかったら……。ダメだ。やっぱり、言えるわけない。

暁子　隠し通せると思いますか？　雨ちゃんは頭のいい子です。あなたが黙っていても、きっと、自分で気がつきますよ。

朝晴　でも、すぐってわけじゃないでしょう？　十年、いや、八年でいいんです。雨が二十になるまで、一人で生きていけるようになるまで、俺はそばにいてやりたい。雨を守ってやりたいんです。

暁子　どうやって守るんです。たとえば、ここに泥棒が入ったとしますよね？　でも、あなたには捕まえることも、警察を呼ぶこともできないんですよ。
朝晴　あなたに何がわかるんです！　雨と俺は、ずっと二人で暮らしてきたんですよ。あいつが二歳の時から、ずっと。そりゃ、あんまり贅沢はさせられなかったかもしれない。でも、いつも一緒だったんだ。十年間、俺は雨のことだけを考えて生きてきた。雨が俺のすべてなんだ。
暁子　桜井さん……。
朝晴　今、雨を置いていくわけには行かない。絶対に。死んでも、雨を守りたいんです。
暁子　わかりました。私もお手伝いします。
朝晴　え？
暁子　あなたは、幽霊としてはまだ新米でしょう？　私は幽霊じゃないけど、幽霊との付き合いは二十年以上。だから、あなたよりずっと詳しいんです。どうすれば幽霊だってバレないか、いろいろ教えてあげます。
朝晴　ありがとうございます。
暁子　でも、私一人じゃ不安ですね。ここにいる時はいいけど、外に出た時が心配です。誰かもう一人、協力してくれそうな人はいませんか？
朝晴　そうですね。
暁子　桜井さん、恋人とかいないんですか？
朝晴　残念ながら、一人も。

雨・北斗がやってくる。

雨　お父さん！　どこに行ってたの？　あちこち探したんだよ。

朝晴　ああ。

北斗　見損ないましたよ、朝晴さん。雨を放り出して、こんなことするなんて。

朝晴　何だよ、こんなことって。

北斗　こっそり帰って、彼女を部屋に引っ張り込んで。いつからそんな、スケベ親父になったんですか。

朝晴　バカ。（暁子に）すいません、こいつ、見かけ通りのバカで。いいか、北斗。この人は、隣に住んでる小柳さん。失礼なことを言うとぶん殴るぞ。

北斗　嘘だ。俺は何度も来てるけど、この人に会ったことは一度もない。

暁子　私、先月、引っ越してきたばっかりなんです。

北斗　あ、そうなんですか？

朝晴　何だよ、コロッと態度を変えやがって。

雨　お父さん、ちゃんとホッくんにお礼を言って。私を送ってくれたんだから。

朝晴　（北斗に）悪かったな、北斗。

北斗　なんで黙って帰ったりしたんですか？

朝晴　電話で呼び出されたんだよ。高円寺のスタジオに。ベースのやつが風邪引いて休んだんで、

雨　一曲だけ弾いてくれって。
朝晴　だったら、そう言えばいいでしょ？
北斗　すまん。
朝晴　おふくろ、怒ってましたよ。挨拶もしないで帰るなんて許せないって。
北斗　代わりに謝っておいてくれ。
朝晴　おふくろ、トップスのチョコレートケーキが大好きなんですよ。
北斗　それはおまえの趣味だろう。わかったよ。今度、持っていくよ。
暁子　待ってますよ。じゃ、俺、帰ります。
（朝晴に）私も失礼します。雨ちゃん、またね。

暁子・北斗が去る。

雨　暁子さんと何を話してたの？
朝晴　え？　まあ、いろいろと。
雨　いろいろって？
朝晴　たとえば、幽霊の話とか。
雨　幽霊？
朝晴　あの人、生まれつき、霊感が強いんだってさ。だから、今までに何度も幽霊を見たんだって。

雨　お父さん。お願いだから、本当のことを言って。

朝晴　……本当のことって？

雨　お父さんは、暁子さんが好きになったんでょう？

朝晴　え？

雨　でも、私が知ったら、怒るかもしれない。そう思って、私に隠れて、会ってたんでしょう？　どう？　図星？

朝晴　どうしてわかった？

雨　わかるに決まってるじゃない。暁子さんてキレイだし。昼間、廊下で会った時、お父さんの目、ハートになってたよ。

朝晴　雨には何も隠せないなあ。

雨　私のことなら、気にしないでよ。暁子さんはとっても優しい人だと思う。お父さんみたいな頼りない人にはピッタリだよ。

朝晴　こら。親に向かって、頼りないとはなんだ。

雨　だって、本当のことじゃない。私がいなきゃ、何もできないでしょう？

朝晴　ああ。おまえがいないと何もできない。おまえがいなきゃ。

4

北斗がやってくる。

北斗　あれ？　朝晴さん、手ぶらですか？　ケーキは？
朝晴　採集旅行で、財布が空っぽになっちゃって。だから、また今度。
北斗　えー？　おふくろ、楽しみにしてたのに。
朝晴　それより、タケさんは？
北斗　おふくろと楽屋で会議です。うちの経営も、なかなか苦しいみたいで。
雨　あ、おばさん！　こんばんは！

霧子がやってくる。手には、帳簿とペン。朝晴がこっそりと去る。

霧子　雨ちゃん、毎日こんなところに来てていいの？　夏休みの宿題は？
雨　とっくに終わった。宿題は七月のうちに片づけるって決めてるの。
霧子　さすがね。雨ちゃんみたいな娘を持って、朝晴君は幸せよね。それに比べて（と北斗を見て、ため息をつく)。

北斗　何だよ。最後まで言えよ。

霧子　(雨に)今日は朝晴君は？

雨　え？　お父さんなら――(と振り返って)あれ？

北斗　朝晴さん？　朝晴さん？

雨　おかしいなあ。たった今まで、ここにいたのに。

霧子　私の顔を見て、逃げたんじゃないでしょうね？

北斗　そうかもしれない。朝晴さん、ケーキを買ってこなかったんだ。

霧子　えー？　私、楽しみにしてたのに。

マリア・ちえみがやってくる。マリアはケーキの箱を持っている。雨がマリアを見て驚き、北斗に小声で何か言う。北斗が去る。

マリア　霧子さん、お久しぶり。

霧子　マリア。あんた、何しに来たの？

マリア　(箱を差し出して)これ、トップスのチョコレートケーキ。霧子さん、大好きでしょう？

霧子　(受け取って)ありがとう。まさか、これを配達に来たわけじゃないよね？

ちえみ　久慈さんから聞いてませんか？　飛び入りで出演を頼まれたんですよ。

霧子　おかしいわね。私は断ったはずだけど。

マリア　（ちえみに）聞いてる？

ちえみ　いいえ、連絡は入ってません。

雨　あの、野中マリアさんですよね？　私、大ファンなんです。マリアさんのアルバム、全部持ってます。良かったら、サインを――

ちえみ　ごめんなさいね。今、打合せ中なのよ。

マリア　ちえみちゃん、ファンは大切にしないと。（雨に）で、何に書けばいいの？

雨　ホッくん、早く！

北斗が色紙とペンを持って戻ってくる。

北斗　ほらよ。（と色紙とペンを差し出す）

雨　（受け取って、マリアに差し出し）お願いします。

マリア　（受け取って）あなたの名前は？

雨　雨です。桜井雨。

マリア　雨？

雨・北斗・霧子・マリア・ちえみが去る。朝晴・早川がやってくる。早川の手には、ジャガイモと包丁。

早川　何だよ、話って。
朝晴　俺、今までタケさんに嘘ついたことないですよね？
早川　当たり前だ。これだけ世話になっておいて、嘘なんかついてみろ。ジャガイモと一緒に煮込んじまうぞ。誰が食うんだ、そんなもの。
朝晴　タケさんには本当に感謝してます。家出して、どこにも行くあてがなかった俺を、ここで雇ってくれて。
早川　放っておいたら、野垂れ死にしそうだったからな。それに、おまえは高校の後輩だし。
朝晴　あれから、もう十五年です。タケさんには、何から何まで世話になってきたのに……。すいません。（と頭を下げる）
早川　何だよ。なんで謝るんだよ。
朝晴　俺、死んだんです。台湾で穴に落ちて。
早川　は？
朝晴　体を穴の中に残して、魂だけ帰ってきたんです。つまり、俺は幽霊なんです。
早川　ごめん。俺、そういうつまらない冗談は好きじゃない。
朝晴　冗談じゃないんです。見てください。

朝晴が早川の手から包丁を取り、腹に突き刺す。

早川　バカ！　何すんだ！

朝晴　（包丁を腹から抜いて）ほら。（と早川に差し出す）
早川　（受け取って）どういう仕掛けだ？
朝晴　仕掛けなんか、何もありません。俺には体がないから、包丁で刺しても、何ともないんです。
早川　おまえ、まだ冗談を続けるつもりか？
朝晴　タケさん。
早川　体がないだと？　ふざけるな。（と朝晴の腕をつかんで）じゃ、これは何なんだよ。触れる幽霊なんか、いるわけねえだろう。

霧子がやってくる。

霧子　タケちゃん、朝晴君は？
早川　え？
霧子　朝晴君、こっちに来たでしょう？　まさか、また黙って帰ったの？
早川　おまえ、何言ってんだ？　朝晴なら、ここにいるだろう。
霧子　ここって？
早川　だから、おまえの目の前に。
霧子　タケちゃん、私、そういうつまらない冗談は好きじゃない。ジャガイモは後にして、こっちに来て。

早川　霧子、おまえ、朝晴と二人で俺を担ごうとしてるんじゃないよな？
霧子　（早川の手からジャガイモと包丁を取り上げて）ふざけたこと言ってると、イモと一緒にみじん切りにするよ。いいから、早く。

霧子が去る。

早川　嘘だろ？
朝晴　霧子さんには、俺が見えないんです。声も聞こえないんです。
早川　どうして。
朝晴　わかりません。心が繋がってる人なら、見えるはずなんですけど。
早川　……嘘だろ？　冗談だよな？
朝晴　タケさん。
早川　（朝晴の胸ぐらをつかんで）ふざけるな、バカ野郎！　何が魂だ。何が幽霊だ。おまえはまだ三十四だろう。そんなに若いのに、簡単に死んでたまるか。
朝晴　すいません。
早川　雨はどうするんだよ。おまえがいなくなったら、どうやって生きていくんだ。おまえ、雨がかわいそうだとは思わねえのか？
朝晴　すいません。
早川　今なら許す。嘘でしたって言え。早く。

朝晴　すいません。
早川　すいません、すいません、言うんじゃねえ。おまえみたいなやつは、地獄でもどこでも行っちまえ！
朝晴　タケさん……。

マリア・ちえみがやってくる。後を追って、霧子がやってくる。

霧子　待ちなさいよ、マリア。
マリア　早川さん、お邪魔してます。
早川　何だ、おまえ。何しに来たんだ？
マリア　夫婦揃って、同じことを聞くのね。また、ここのステージで歌いたくなったのよ。いけない？
霧子　今さら、勝手なこと言わないでよ。あんた、自分が何をしたか忘れたの？
マリア　私が霧子さんに恨まれるようなことした？
霧子　私じゃなくて、朝晴君にしたでしょう。
早川　落ち着けよ、霧子。
マリア　朝晴は元気？
早川　（朝晴の顔を見て）ああ。
マリア　風の噂だと、音楽学校の先生をしてるって聞いたけど。

霧子　ホントだったら、あんたより有名になってても、おかしくないんだけどね。
朝晴　（マリアに）雨には会ったのか。
マリア　（霧子に）霧子さん、朝晴の才能、買ってたもんね。
早川　なあ、マリア。雨には会ったのか？
マリア　大きくなったわね。私のことは、覚えてないみたいだった。安心して、何も話してないから。

康彦・正太郎がやってくる。

康彦　マリア、ずいぶん、早く来たな。
ちえみ　十九時にここでってお約束でしたけど。
康彦　俺にはあんたみたいな優秀なマネージャーがいないんでね。
マリア　曲は決まってるの？
康彦　いや、一応、リストは作ってきたんだけど。タケさん、ステージ確認させて。
霧子　久慈君、マリアは出さないでって言ったはずだけど。
康彦　いいじゃない、もう来ちゃったんだし。この店だって、マリアが出たら、助かるだろう？評判になるし。
ちえみ　（霧子に）ギャラでしたら、ご心配なく。マリアさんは、今日はオフですから。

マリア・ちえみ・康彦が去る。

正太郎　少しは慣れたかい？
朝晴　あんたの姿は康彦に見えないんだろう？　それでも、そばにいるのか？
正太郎　俺は父親として当然のことをしてるだけだ。あんたなら、わかるだろう？

正太郎が去る。

早川　（朝晴に）そこに誰かいるのか？
朝晴　タケさん、俺は雨を守りたいんです。協力してくれますか。
早川　ああ、もちろん。
霧子　……タケちゃん？
早川　（朝晴に）でも、霧子はどうする？
朝晴　本当のことを言ってください。すぐには信じてもらえないだろうけど。

早川・霧子が去る。

5

暁子がやってくる。

暁子 それで、霧子さんも信じてくれたんですか?

朝晴 かなり時間がかかりました。何しろ、俺の姿が見えませんからね。仕方ないから、タケさんとジャガイモでキャッチボールしたんです。それで、やっと。

暁子 どうして霧子さんには見えないんでしょうね。別に仲が悪かったわけじゃないんでしょう?

朝晴 もちろんですよ。俺、霧子さんの言うことには、絶対に逆らいません。だって、キレると怖いし。一度、あの人のフライング・クロスチョップを受けてみてくださいよ。首、もげますよ。

暁子 よくわからないけど、その怖いって気持ちが、見えなくしてるのかも。

朝晴 そうか。原因は、俺にあるんですね。

暁子 でも、霧子さんも協力してくれるって言ったんですね?

朝晴 ええ。雨の前では、俺が見えるフリをしてくれるそうです。

暁子　良かった。じゃ、後は知らない人との接触ですね。雨ちゃんの前で、知らない人とは話をしないこと。セールスマンが来ても、ドアを開けない。お年寄りに道を聞かれても、教えてあげない。

朝晴　雨に嫌われませんかね？

暁子　気づかなかったフリをして、通りすぎるんです。それから、電話がかかってきても、すぐには取らない。まず、雨ちゃんに取らせるんです。

朝晴　あ！

暁子　どうしました？

朝晴　仕事はどうしましょう？　俺がベースを弾いたら、ポルター・ガイストですよ。

暁子　今の仕事は諦めるしかないですね。家で一人でできる仕事を考えないと。

朝晴　暁子さん、アシスタントとして雇ってくれませんか？

暁子　桜井さん、絵は描けるんですか？

朝晴　キン肉マンぐらいなら。

雨がやってくる。

雨　あ、暁子さん、いらっしゃい。

暁子　あら、手ぶら？　お友達と買い物に行ったんじゃなかったの？

雨　私は何も買ってませんよ。お父さんの台湾旅行のせいで、今月は赤字ですから。

朝晴　（暁子に）うちは、雨が財務大臣なんですよ。
雨　あれ？　お父さん、今日は音楽学校がある日じゃなかったっけ？
朝晴　そう言えば、そうだったな。
雨　どうして行かなかったの？　まさか、ずる休みして、暁子さんとデート？
朝晴　違う、違う。実は俺、辞めようと思って。
雨　どうして？
朝晴　教育方針が合わなくて。大体、音楽ってのは、学校で習うもんじゃないだろう？　一人でコツコツ練習して、初めて身につくんだ。
雨　でも、お金は？　学校のお給料がなくなったら、大赤字じゃない。私たち、どうやって食べていくのよ。
朝晴　……実は、曲を作ろうかと思って。俺、昔から作曲家になりたかったんだ。
雨　そんなの、初めて聞いた。
朝晴　バンドをやってた頃は、よく作ってたんだ。全然、売れなかったけど。

電話が鳴る。朝晴が受話器を取ろうとする。と、暁子が咳をする。朝晴が気づいて、

朝晴　雨、出てくれ。
雨　お父さんが出てよ。きっと、学校だよ。
朝晴　（咳をして）急に咳が。

雨　しょうがないなあ。

雨が受話器を取る。別の場所に、マリアがやってくる。

雨　はい、桜井です。
マリア　その声は雨ちゃんね？　私、野中マリアです。
雨　え？　マリアさんですか？
マリア　昨日はどうして帰っちゃったの？　私の歌も聞かないで。
雨　父が、家でベースの練習をしたいって。
マリア　そう。私に会ったこと、朝晴に話した？
雨　……父とお知り合いなんですか？
マリア　昔、一緒に仕事をしてたのよ。十年ぐらい前。
雨　そうだったんですか。
マリア　今夜、私と食事しない？
雨　え？
マリア　六本木に、おいしいイタリアンのお店があるのよ。雨ちゃんも、きっと気に入ってくれると思う。朝晴も一緒に連れてきて。
雨　わかりました。必ず行きます。
マリア　じゃ、六時に、スイートベイジルの前で。楽しみにしてるからね。

雨が受話器を置く。マリアが去る。

雨　お父さん、野中マリアさんと知り合いだったの？
朝晴　……あいつがそう言ったのか？
雨　十年ぐらい前、一緒に仕事をしたって。どうして話してくれなかったの？
朝晴　まあ、いろいろあってな。
雨　それって、もしかして、あのバンドのこと？
暁子　バンドって？
雨　お父さんが昔、やってたバンドです。メンバーの一人がよそへ引き抜かれて、解散しちゃって。
暁子　（朝晴に）それが、野中マリアさんだったんですか？
雨　そうでしょう、お父さん？
朝晴　ああ。あいつは俺に黙って、出ていった。置き手紙も残さずに。それから一度も連絡を寄越さなかった。謝りにも来なかった。
雨　そうか。だから、誘ってくれたんだ。
朝晴　何の話だ？
雨　私とお父さんと三人で、食事をしようって。きっと、十年前のことを謝りたいんだよ。
朝晴　今さら、手遅れだ。俺は絶対に行かない。おまえにも行ってほしくない。

雨　でも……。
暁子　雨ちゃん、お父さんの言う通りにしてあげたら？
雨　ううん。私、行く。マリアさんがお父さんに何を言いたかったのか、代わりに聞いてくる。
朝晴　勝手にしろ。

朝晴・暁子が去る。北斗がやってくる。

北斗　バカだなあ、朝晴さんは。あんなにうまいもの、食いに来ないなんて。
雨　バカは私だよ。ホッくんなんか連れてきて。
北斗　なんでだよ。
雨　あんなにガツガツ食べるなんて。すごく恥ずかしかったんだから。
北斗　すいませんでした。つい。

ちえみ・マリアがやってくる。

ちえみ　お待たせしました。
雨　（マリアに）ご馳走さまでした。とってもおいしかったです。
マリア　良かった。じゃ、次はデザートね。雨ちゃんは何が好き？
雨　すいません。私、そろそろ帰らないと。

マリア　もう？　あと少しだけ、付き合ってくれない？
北斗　でも、俺も店の片づけがありますし。
ちえみ　じゃ、あなただけ帰ったら？　雨さんは車で送っていくから。
北斗　雨を置いていくわけには行きません。俺、朝晴さんの代理ですから。
マリア　大人になったわね、ホックくん。昔は元気だけが取り柄のガキんちょだったのに。
北斗　え？　俺、マリアさんと会ったことあるんですか？
マリア　二、三回だけね。早川さんの家で。もう十年も前の話になるけど。
北斗　十年前って言うと、俺は八歳ですね。すいません。全然、覚えてません。
マリア　あなた、雨ちゃんのお母さんのことは覚えてる？
北斗　ぼんやりとしか。十年前に亡くなったんで。
マリア　名前は？
北斗　それはもちろん覚えてます。桜井月江。（雨に）月江さんだよな？
マリア　雨ちゃん、よく聞いて。私の本名は月江っていうの。
雨　え？
マリア　野中マリアは芸名なのよ。本名は、桜井月江。
雨　それじゃ……。
マリア　私はあなたの母親なの。十年前に、あなたを残して、家を出たの。
北斗　本当ですか？
マリア　（雨に）でも、いまだに離婚の手続きはしてない。だから、私と朝晴は今でも夫婦なの。

雨　信じられません。そんなこと、お父さんは一言も……。

マリア　朝晴の気持ちはわかるわ。私のしたことは、母親として許されないことだもの。だから、こうして名乗り出るつもりもなかった。早川さんのお店で、あなたに会うまでは。でも、一度会うと、また会いたくなった。もっと話がしたくなった。それから、今はね、あなたと暮らしたいと思ってる。

雨　……。

マリア　いきなり勝手なことを言って、ごめんなさい。でも、あなたのためにできるだけのことがしたいの。

ちえみ　マリアさん、場所を変えましょう。ここじゃ、人目につきますし。

マリア　雨。私の話を聞いてくれる？

雨・北斗・マリア・ちえみが去る。

6

朝晴・早川・霧子がやってくる。椅子に座る。

早川　(朝晴に)バカだな、おまえは。話し合いなんか、断れば良かっただろう。

朝晴　断ろうとはしたんですよ。でも、雨に「どうして?」って何度も聞かれて、うまく答えられなくて。

霧子　(早川に)朝晴君、何だって?

早川　断る理由が見つからなかったんだとさ。まさか、マリアには朝晴が見えないから、なんて言えないしな。

朝晴　それでつい、タケさんの店でなら、会ってもいいって言っちゃったんです。迷惑をかけて、本当にすいません。

早川　俺たちのことはいい。でも、雨を食事に行かせたのはまずかったな。

朝晴　すいません。あんまり強く反対したら、不自然だと思って。

霧子　(早川に)朝晴君、何か言った?

早川　反対したら、不自然だと思ったんだってよ。(朝晴に)そんなこと、気にしてる場合か?

朝晴　マリアに雨を取られたら、どうするんだよ。
霧子　あいつに渡すつもりはありません。
早川　(早川に) 何だって？
霧子　渡す気はないってさ。当然だろう。
朝晴　でもね、朝晴君。もし裁判になったら、あなたに勝ち目はないのよ。だって、そうでしょう？　あなたは裁判所へ行けないんだから。聞いてる？
霧子　(テーブルを叩く)
　　　私はね、もう一度、考え直した方がいいと思う。このまま、雨ちゃんのそばにいるべきかどうか。
早川　おまえ、朝晴に消えてなくなれって言うのか？
霧子　私は雨ちゃんのために言ってるの。朝晴君にはお金を稼ぐことができない。幽霊は食べなくても平気だろうけど、雨ちゃんはそうは行かない。それに、来年から中学でしょう？授業料とか教科書代とか、どんどん出費は増えていくのよ。
早川　金なら、俺が貸してやるよ。あんまりデカい金額は無理だけど。
霧子　でも、マリアだったら、そんな心配はいらない。雨ちゃんは何不自由なく、暮らしていけるのよ。その方が、雨ちゃんのためだと思わない？
朝晴　俺は……。

　　　雨・北斗がやってくる。

北斗　ただいま。
早川　マリアはどうした？
北斗　店の方で待ってる。朝晴さんと雨と、三人だけで話がしたいってさ。
朝晴　雨、俺はマリアには会わない。
雨　どうして？
朝晴　俺はいまだにあいつが許せない。だから、顔も見たくないんだ。
雨　私を置いて、出ていったから？
霧子　雨ちゃん、マリアに何を言われたの？
雨　私のお母さんだって。お父さんとは、まだ離婚してないって。
霧子　そう……。やっぱり、話しちゃったのね。
雨　どうして教えてくれなかったの？　お父さんもおじさんもおばさんも。
早川　それは、雨が傷つくと思ったからだよ。
雨　嘘をつかれた方が、よっぽど傷つくよ。
霧子　朝晴君が、話したくないって言ったのよ。十年前、マリアは雨ちゃんより音楽を選んだ。雨ちゃんを育てることより、自分が売れることの方を望んだの。そんなこと、あなたに言えるわけないでしょう？
雨　それでも言ってほしかった。何を言われたって、私は平気だったよ。私には、お父さんがいるんだから。

朝晴　雨……。
雨　マリアさんがね、私と一緒に暮らしたいって言ってるの。でも、私は今のままがいい。お父さんと一緒に暮らしたい。だから、マリアさんにちゃんと断って。ね？
朝晴　でもな、雨……。
雨　約束だよ。じゃ、私、マリアさんを呼んでくる。

雨が去る。

早川　どうするんだよ、朝晴。
霧子　本当のことを言うしかないよ。後でバレたら、また雨ちゃんを傷つけることになるもの。
北斗　本当のことって？
朝晴　霧子さん、俺はやっぱり、今のままでいたい。雨のそばにいたいんです。本当のことを言うわけには行きません。
北斗　何なんですか、本当のことって。
早川　わかった。後は俺に任せろ。俺が何とかする。（霧子・北斗に）おまえら、俺についてこい。

早川・霧子・北斗が立ち上がる。雨・マリア・ちえみがやってくる。

マリア　ありがとう。席を外してくれるのね？
早川　朝晴はおまえに会いたくないそうだ。だから、話はかわりに俺がする。
マリア　悪いけど、これは私と朝晴の問題なのよ。そこを退いて。
早川　断る。
マリア　せっかくここまで来てあげたのに、ずいぶんひどい仕打ちをしてくれるわね。朝晴！　あなた、そこまで私が憎いの？
雨　お父さん、約束したでしょう？　ちゃんとマリアさんと話をしてよ。
霧子　ねえ、マリア。また日を改めてってことにしたら？　今、会っても、冷静に話せないと思うし。
マリア　私は一日でも早く、雨と暮らしたいの。
早川　よくそんなことが言えるな。十年もほったらかしにしておいて。
マリア　雨には、本当に申し訳ないことをしてきたと思う。だから、今すぐにでも、償いがしたいのよ。
早川　バカ野郎！　今さら、調子のいいことを言うな！
霧子　タケちゃん。マリアは話し合いに来たのよ。喧嘩じゃなくて。
マリア　（早川に）私ね、矢島さんと一緒になることにしたのよ。
早川　何だと？
マリア　去年、久しぶりに会ったらね。あの人、奥さんと離婚して、一人になってたの。それで、もう一度、やり直そうって言ってくれたのよ。

北斗　誰なんだよ、矢島って。
ちえみ　矢島グループって聞いたことない？　そこの社長よ。若い頃、ジャズが好きで、マリアさんの大ファンだったの。
早川　（マリアに）おまえが誰と結婚しようが関係ない。雨は朝晴が育てるんだ。絶対に。
マリア　（早川に）雨に聞いたわ。朝晴は、炊事も洗濯も雨にやらせてるんですって？　雨を置いて、一人で台湾へ行ったんですって？　私はね、雨が幸せに暮らしてるなら、それで良かった。でも、雨の話を聞いて、朝晴には任せられないと思ったの。
北斗　どうしてですか？
マリア　わからない？　私たちと暮らせば、雨は自由になれるの。ピアノでも英会話でも、好きなことができる。海外旅行だって、留学だってできる。矢島さんと私には、それだけの力があるの。
早川　ふざけるな。おまえ、雨を金で釣るつもりか？
霧子　待ってよ、タケちゃん。雨ちゃんの生活のことも考えて。どうすれば雨ちゃんが、一番幸せになれるのか。
北斗　雨が朝晴さんと離れて、幸せになるわけないだろう？　いくら矢島ってやつが金持ちでも、所詮は赤の他人じゃないか。
マリア　違うわ。
早川　おい、マリア。
マリア　（北斗に）雨の父親は朝晴じゃない。矢島さんなのよ。

雨　え？
マリア　あなたがお腹にできた時、矢島さんには奥さんがいた。だから何も言わずに、私は身を引いたの。
北斗　それで、朝晴さんと結婚したんですか？　朝晴さんを騙して。
マリア　騙してなんかいない。朝晴は全部、知ってたんだから。
北斗　……。
マリア　雨、よく聞いて。確かに、朝晴はあなたを育ててくれた。でも、子供っていうのは、やっぱり、本当のお父さん、お母さんと暮らすべきなのよ。
早川　いい加減にしろ。おまえや矢島が今まで雨に何をした。
マリア　何もしなかった。でも、これからは違う。雨のためなら、何でもする。淋しい思いなんか、絶対にさせない。
雨　お父さん、出てきて。顔を見せて。
マリア　雨。あなたのお父さんは朝晴じゃない。矢島さんなのよ。
雨　お父さん……。
マリア　良かったら、これから会いに行かない？　矢島さんもあなたに会いたがってるのよ。
早川　おまえ、雨をさらう気か？
マリア　会うだけよ。（雨に）ね、いいでしょう？
雨　（頷く）
北斗　雨、おまえ、本気か？

雨　だって、お父さんは約束を破ったじゃない。（と歩き出す）
北斗　待てよ。俺も行く。

雨・北斗・マリア・ちえみが去る。朝晴が立ち上がる。

早川　すまなかった。役に立てなくて。
朝晴　いや、悪いのは、俺なんです。雨に嘘ばかりついてきたから。それで、あいつを守ったつもりになってたんです。でも、間違ってたのかもしれませんね。俺じゃ、あいつを幸せにはできないのかも。
霧子　（早川に）朝晴君、何だって？
早川　雨のことが大好きだってさ。朝晴、俺が保証してやる。雨の父親は、おまえだけだ。たとえ血が繋がってなくても。

朝晴・早川・霧子が去る。

7

雨・北斗・マリアがやってくる。

北斗　（マリアに）デカイ家ですね。庭でワールドカップが開催できたりして。
マリア　でも、矢島さんと二人だけだから、淋しくて。（雨に）あなたが来てくれたら、とってもうれしい。どれでも、好きな部屋を選んでいいわ。私から矢島さんに頼んであげる。
雨　矢島さんは、どんな人なんですか？
マリア　とっても優しい人よ。仕事の話をしてる時は、ちょっと怖いけどね。何しろ、たくさんの会社を経営して、日本中を飛び回ってるから。
北斗　マリアさんだって、コンサートで日本中を飛び回ってますよね？（雨に）二人とも出かけたら、このデカイ家におまえ一人だ。きっと淋しいぞ。
マリア　言ったでしょう？　淋しい思いはさせないって。コンサートの数は半分に減らすわ。できる限り、雨のそばにいるようにする。
北斗　でも、ファンの人たちは納得しないいんじゃないかな。
マリア　私は十年間、死に物狂いで歌ってきたのよ。私の歌が聞きたいって人のために。そろそろ自分のことを考えても、許してもらえるはず。違う？

ちえみがやってくる。受話器を持っている。

ちえみ　マリアさん、叔父から電話です。（と受話器を差し出す）
マリア　あの人、どこにいるって？
ちえみ　会社です。会議が長引いちゃってるみたいで。
マリア　娘が会いに来たって言うのに、何が会議よ。（と受話器を受け取って）雨、ちょっと待っててね。

マリアが去る。

ちえみ　（雨に）どう？　この家は気に入った？
北斗　ちえみさんでしたよね？　あなたは矢島さんの親戚なんですか？
ちえみ　姪よ。（雨に）だから、あなたとは従姉ってことになるわね。
北斗　どうしてマリアさんのマネージャーに？
ちえみ　私、去年まで、広告代理店に勤めてたのよ。自分で言うのも何だけど、結構、優秀だった。でも、叔父の命令で、マリアさんのお世話をすることになったの。
北斗　大変なんじゃないですか？　マリアさんて、ワガママそうだし。

ちえみ　確かにワガママよ。でもね、それは、根っこが純粋だから。あの人は、歌を歌うために生まれてきた人。歌のためなら、何だってする。今は、それが雨さんに向かってるってわけ。

北斗　（雨に）いつまで続くか、わからないぞ。だって、一度は歌のためにおまえを捨てたんだから。

ちえみ　今度はそんなことしないわよ。あの人ぐらい有名になっちゃうと、いろいろ辛いのよ。誰にも弱音が吐けなくなるから。あの人はずっと淋しかったの。淋しいなんて、絶対に言わなかったけどね。

北斗　それは、マリアさんが自分で選んだことじゃないか。雨、わかってるよな？　おまえがここで暮らすことになったら、朝晴さんは一人になるんだぞ。

雨　でも、お父さんは私を止めなかった。

北斗　それは、マリアさんに会いたくなかったからだよ。

雨　私は会ってほしかった。マリアさんにちゃんと断ってほしかった。

北斗　よくわからないけど、朝晴さんには何か事情があったんだ。雨には言えない事情が。

雨　それって、矢島さんのことじゃない？　私の本当のお父さんは矢島さんだから。だから、断れなかったんじゃない？

北斗　おまえ、まさか、マリアさんと暮らすつもりか？

雨　わからない。

北斗　朝晴さんはおまえをずっと一人で育ててきたんだぞ。おまえのお父さんは矢島さんじゃない。朝晴さんなんだ。

雨　私だって、そう思ってたよ。でもね、お父さんが、台湾から帰ってくるはずだった日。一人でお父さんを待ってたら、どんどん悲しくなってきたの。お父さんにはチョウチョがあって、ベースがあって。私のことなんか、本当は、どうでもいいのかもしれないって。

北斗　バカ言うなよ。朝晴さんはおまえを育てるために、メジャーデビューを諦めたんだぞ。

雨　私がいなくなれば、お父さんはやりたいことができる。旅行にも好きなだけ行ける。お金のことなんか気にしないで。

北斗　雨。

雨　私はお父さんが好きなの。お父さんに、もっと幸せになってほしいの。

マリアがやってくる。

マリア　（北斗に）どうしたの、怖い顔して。

ちえみ　十二歳の子供に言い負かされたんですよ。情けない。

北斗　（マリアに）矢島さんは、帰ってくるんですか？

マリア　今夜は遅くなるみたい。雨、良かったら、泊まっていかない？

雨　でも……。

マリア　遠慮なんかしなくていいの。これからは、ワガママになっていいのよ。今まで、さんざん苦労してきたんだから。

雨・北斗・マリア・ちえみが去る。朝晴・暁子がやってくる。

暁子 大丈夫。雨ちゃんはきっと帰ってきますよ。桜井さんよりマリアさんを選ぶなんて、そんなことするわけありません。

朝晴 でも、霧子さんに言われたんです。もう一度、考え直した方がいいって。

暁子 桜井さんが、いなくなった方がいいってことですか？

朝晴 俺には金が稼げない。このまま行ったら、雨は飢え死にするんですよ。でも、マリアと矢島の家に行けば、金の心配をする必要はありません。

暁子 いくらお金があっても、それで幸せになれるとは限りませんよ。

朝晴 わかってますよ、そんなことは。でも、雨には苦労ばかりさせてきましたからね。できればうまい物を食わせてやりたいし、キレイな服を着せてやりたい。

暁子 そんなこと、雨ちゃんは望んでいるでしょうか？

朝晴 雨じゃない、俺が望んでるんです。俺は雨を幸せにしたいんです。

暁子 じゃ、雨ちゃんのことは諦めるんですか？

朝晴 ええ。

暁子 本当にそれでいいんですか？　後悔しませんか？

朝晴 するに決まってるじゃないですか。でも、雨のためには、この方がいいんです。だって、俺はもう、死んでるんですから。あいつに、何もしてやれないんですから。

暁子 桜井さん……。

朝晴　暁子さん、いろいろありがとうございました。時々、雨の話し相手になってやってください。あいつ、あなたと話すのが楽しいみたいだし。

暁子　もう行くんですか？

朝晴　雨と暮らせないなら、この世にいる意味はないんです。教えてください。俺は、どうすれば成仏できるんですか？

暁子　さあ……。たぶん、心残りがなくなれば、自然とできると思うんですけど。

朝晴　心残りですか。できればもう一度だけ、雨の顔を見ておきたいな。あ、タケさんたちにも、お礼を言わないと。

暁子　桜井さん、ご両親は？

朝晴　長野にいます。俺、十九の時に家出しちゃって。親父とはそれ以来、顔を合わせてません。

暁子　お母さんとは？

朝晴　半年に一度ぐらい。親父に内緒で、こっちへ遊びに来てくれてるんです。そうか。おふくろには、会ってから行きたいな。

暁子　お父さんにも会ってあげたらどうですか？

朝晴　いや、親父はいいです。暁子さん、雨のこと、よろしくお願いします。

雨・北斗がやってくる。

暁子　雨ちゃん！

雨　お父さん、私、やっぱり、お父さんと暮らしたい。マリアさんの所へは行きたくない。
朝晴　雨……。
雨　ここにいていい？　ずっといていい？
朝晴　よく考えろ。俺はおまえの本当の父親じゃないんだぞ。
雨　お父さんはお父さんだよ！
朝晴　雨……。
雨　私のお父さんは、お父さんだけだよ。他の人のこと、お父さんなんて呼びたくない。

雨が朝晴に抱きつく。朝晴が雨を抱き締める。
早川・霧子がやってくる。二人と雨・朝晴・北斗でキャンプへ出かける。暁子は去る。釣りをしたり、記念写真を撮ったり。と、突然、雨が降ってくる。急いで帰り支度。早川・霧子・北斗は去り、雨と朝晴はベースに歩み寄る。そこへ、暁子がやってくる。朝晴がベースを弾く。雨・暁子が聞く。と、雨が倒れる。朝晴が雨を抱き上げる。暁子が電話をかける。雨・朝晴・暁子が去る。

8

舞台の上手と下手に、ベッドが一つずつ出てくる。上手のベッドには絵里が寝ている。熊岡が横の椅子に座り、絵里の手を握っている。下手のベッドには誰もいない。早川が横の椅子に座り、居眠りしている。そこへ、霧子・北斗がやってくる。霧子はバッグ、北斗は果物籠を持っている。

北斗 (早川を叩いて)何、居眠りしてんだよ。
早川 許してくれ、霧子。(目を開けて)なんだ、おまえか。脅かすなよ。
北斗 雨は?
早川 朝いちから検査だ。そろそろ戻ってきてもいいんだけど。
霧子 朝晴君は、ここにはいないのかしら?
北斗 そんなの、見ればわかるだろう? (早川に)朝晴さんは?
早川 雨についていった。あいつ、心配でじっとしていられないみたいだ。

水村が通りかかる。

早川　あ、看護婦さん、雨の検査、まだ終わりませんかね？
水村　戻ってきてないってことは、まだやってるってことでしょう。
早川　やけに時間がかかってませんか？　まさか、重い病気だってことは。
水村　さあ、私にはちょっと。
早川　でも、昨夜の先生は何も言ってくれなかったし。こっちとしても、不安なんですよ。教えてください。雨の病名は？
水村　わかりません。もしわかったとしても、ご家族以外にお教えするわけには行きません。
早川　やっぱり、重い病気なんですね？
霧子　そんなこと、一言も言ってないじゃない。
早川　でも、今、家族にしか教えられないって言ったじゃねえか。（水村に）俺はな、雨が生まれた時から面倒を見てきたんだぞ。ミルクも飲ませたし、おしめも替えた。その俺に教えられないってのは、一体どういう病気なんだ！

雨・沢田・朝晴がやってくる。雨はベッドに座る。朝晴は離れた場所に立っている。

沢田　貧血ですよ。
早川　貧血？
霧子　（沢田に）それだけですか？
沢田　ええ。ヘモグロビンの量が、正常値をかなり下回ってました。でも、内臓その他は何の異

早川　常もなし。まあ、典型的な鉄欠乏性貧血ですね。
沢田　よくわからないけど、命に別状は？
早川　不足している鉄分を補充すれば、すぐに元気になります。この病気は思春期の女の子に多いんですよ。ほら、この年頃の子って、やたらとスタイルを気にするでしょう？（雨に）駄目だぞ、無理なダイエットなんかしちゃ。
雨　してませんけど。
水村　沢田さん、余計なおしゃべりはそれぐらいにしたら？
沢田　はい。（雨に）貧血だって、立派な病気なんですからね。気分が悪くなったら、いつでも呼んで。（早川たちに）じゃ、失礼します。

水村・沢田が朝晴の前を通って、去る。

北斗　なんだよ、ただの貧血か。心配して、損しちゃったな。
雨　ごめんね。
北斗　謝ることないよ。朝晴君が帰ってきてから、いろいろあったじゃない？　それできっと、疲れたのよ。
霧子　疲れたのよ。
雨　おじさん、お父さんは？
北斗　え？　おまえについていったんじゃないのか？

朝晴がベッドに駆け寄る。

朝晴　北斗、すごいな、それ。わざわざ買ってきてくれたのか？
北斗　そうですよ。朝晴さん、どこへ行ってたんですか？
朝晴　この病院、デカイだろう？　だから、迷子になっちゃって。雨、せっかくもらったんだから、どれか食べよう。どれがいい？
雨　桃。
朝晴　オーケイ。北斗、ナイフは持ってきたか？
北斗　おふくろ。
霧子　え？
早川　ナイフだよ、ナイフ。
北斗　（霧子に）聞いてなかったのか？　朝晴さんに渡してくれよ。
霧子　わかってるわよ。（とバッグからナイフを取り出し、朝晴のいない場所に向かって）はい、朝晴君。（と差し出す）
北斗　もう、何やってるんだよ。（とナイフを取って、朝晴に差し出し）ふざけてる場合じゃないだろう？
霧子　ごめん、ごめん。ちょっとボーッとしちゃって。
早川　朝晴、仕事の方はどうだ？　順調か？
朝晴　仕事って？

早川　バカ、作曲だよ。おまえ、音楽学校を辞めて、作曲に専念したんじゃなかったのか？
朝晴　ああ、はい。やることはやってるんですが、なかなか進まなくて。
北斗　どんな曲を作ってるんですか？　ちょっと聞かせてくださいよ。
雨　私も聞きたい。
朝晴　えーと……。（明るいメロディを適当に歌う）
北斗　どう思う、おふくろ。
霧子　なかなか、いい曲じゃない。しみじみして。
早川　うーん、それはどうだろう。
霧子　（朝晴のいない場所に向かって）朝晴君、頑張ってね。
北斗　どこ見てるんだよ。
早川　さてと。俺たちはそろそろ帰るか。店へ帰って、仕事、仕事。
北斗　またな、雨。

早川・霧子・北斗が去る。

雨　前にも同じことがあったよね。
朝晴　何が？
雨　おばさんが、誰もいない所に向かって、「朝晴君」て。おばさん、どうしちゃったんだろう。

朝晴　視力が落ちてきてるのかもな。霧子さんも、いい年だし。
雨　それ、おばさんが聞いたら怒るよ。
朝晴　なあ、雨。退院したら、二人で遊びに行こうか。
雨　ホント？
朝晴　ああ。どこでも連れてってやるぞ。どこがいい？
雨　私、観覧車に乗りたい。
朝晴　遊園地か。よし、わかった。（雨の頭を撫でて）じゃ、よく寝て、早く退院してくれ。
雨　うん。

雨が目を閉じる。沢田が絵里のベッドにやってくる。

沢田　大谷さん、今日はご主人はいらっしゃらないんですか？
絵里　（小声で）大阪へ出張で。
沢田　それは淋しいですね。大谷さん、まだ新婚なんでしょう？
熊岡　うるさい。
沢田　（絵里に）とっても素敵な方ですよね。今、看護師の間で人気ナンバーワンなんですよ。
熊岡　うるさいって言ってるんだよ。早くここから出ていけ！

朝晴が椅子から立ち上がり、絵里のベッドに歩み寄る。

沢田　大谷さん？　何だか、苦しそうですね。先生を呼びましょうか？
絵里　（小声で）いいえ、大丈夫です。
沢田　でも、顔色が良くないですよ。体温を計ってみましょうね。
熊岡　おまえ、いい加減にしろよ。

熊岡が椅子から立ち上がり、沢田に歩み寄ろうとして、朝晴と目が合う。

熊岡　何か用ですか？
朝晴　え？　あなた、僕が見えるんですか？
熊岡　見えますよ。僕も幽霊ですからね。
朝晴　そうだったんですか。そちらの方は奥さんですか？
熊岡　恋人ですよ。と言っても、一年前に振られたんですけどね。で、つい思い詰めて、睡眠薬を飲んじゃいまして。全く、バカなことをしたもんです。
朝晴　今でも好きなんですね？　彼女のことが。
熊岡　だから、ずっとそばにいるんですよ。残念ながら、彼女には僕が見えないんですけどね。
朝晴　早く治るといいですね。
熊岡　あなた、何か誤解してませんか？　僕は彼女に治ってほしいなんて思ってませんよ。
朝晴　え？

熊岡　僕は彼女に死んでほしいんです。当然でしょう？　僕が自殺したのは、彼女のせいなんだから。
朝晴　でも、あなた、ずっと彼女の手を。
熊岡　そうか。あなたは何も知らないんだ。じゃ、教えてあげますよ。僕はね、死んですぐに、先輩の幽霊に言われたんです。生きてる人間に触っちゃいけないって。幽霊が触ると、相手の生命力を奪うから。
朝晴　生命力を奪う？
熊岡　ほら、昔からよく言うでしょう？　悪霊が取りつくって。あれですよ。触れば触るだけ、相手は弱っていくんです。（と絵里の頬に触る）
朝晴　やめろ！

朝晴が熊岡につかみかかる。熊岡が朝晴を突き飛ばす。と、絵里が激しく咳き込む。

沢田　大谷さん！（とナースコールを押して）水村さん、急変です！　すぐに来てください！
熊岡　どうやら、僕の仕事はおしまいのようだ。結局、一年もかかりましたよ。
朝晴　なぜだ。なぜ、こんなことを。
熊岡　あなたには許せないやつがいないんですか？　もしいるなら、そいつにずっと触り続けるんです。時間はかかるけど、確実に殺せますよ。

熊岡が去る。水村がやってくる。水村・沢田が絵里のベッドを運び去る。朝晴が雨のベッドに歩み寄る。

朝晴 ……俺は、おまえの生命力を奪ってきたのか？ ……俺は、おまえに取りついてたのか？
……おまえをこんなふうにしたのは、俺なんだな？

雨のベッドが運び去られる。

9

暁子がやってくる。

暁子　すいませんでした、お見舞いに行かなくて。締め切りさえなければ、すぐに駆けつけたんですけど。
朝晴　暁子さん。雨を病気にしたのは、俺だったんです。俺が雨に触ったから。
暁子　どういうことですか？
朝晴　病院にいた幽霊に聞いたんです。幽霊が生きた人間を触ると、その人間の生命力を奪うって。
暁子　信じられません、そんな話。
朝晴　でも、俺は見たんですよ。その幽霊が恋人を殺すところを。俺は、知らないうちに雨を殺そうとしてたんです。
暁子　そんな……。ごめんなさい、桜井さん。幽霊に詳しいなんて威張ったくせに。
朝晴　やっぱり、俺は雨のそばにいちゃいけないんだ。
暁子　そんなことはありません。だって、体に触らなければいいんでしょう？

朝晴　無理ですよ。一緒に暮らして、触らないなんて。変に避けたら、雨に怪しまれるし。それに俺だって、我慢できるかどうか。もし、雨が泣いてる所を見たら？　抱き締めたくなるに決まってます。

電話が鳴る。暁子が受話器を取る。別の場所に、マリアがやってくる。

マリア　朝晴？
暁子　いいえ。私は隣の部屋に住んでる、小柳と申します。
マリア　何よ。朝晴の彼女？
暁子　違います。ただの隣人です。
マリア　まあ、いいわ。朝晴、いるんでしょう？　替わってくれない？
暁子　桜井さんは今、おトイレです。小じゃなくて、大。
マリア　そう。じゃ、伝言してくれる？　雨のこと、家裁に訴えたって。
暁子　家裁って？
マリア　家庭裁判所。それだけ言えば、わかると思う。
暁子　あなた、野中マリアさんですよね？　どちらが雨ちゃんを育てるか、裁判で決めようっていうんですか？
マリア　私は話し合おうって言ったのよ。でも、朝晴が顔も見せてくれないんだもの。他に方法がないでしょう？

暁子　でも、雨ちゃんは桜井さんと一緒にいたいんですよ。
マリア　あの子はまだ子供じゃない。いきなり環境が変わるのが怖いのよ。でも、一月もすれば慣れる。一年もすれば、私を選んで良かったって思うようになる。
暁子　雨ちゃんはそんな子じゃありません。
マリア　あなたに何がわかるのよ。じゃ、朝晴によろしく。

マリアが去る。

朝晴　マリアのやつ、裁判所に訴えたんですね？
暁子　ええ。すぐに、通知が来ますよ。何月何日に出廷せよって。どうしますか？　かわりに早川さんに行ってもらいますか？
朝晴　マリアと争うつもりはありません。そんなことをしたら、雨が傷つく。
暁子　それじゃ……。
朝晴　やっと覚悟ができました。今度という今度は、諦めます。
暁子　行くんですか、天国へ？
朝晴　いや、その前にやっておきたいことがある。
暁子　何ですか？
朝晴　長野へ行って、おふくろに会ってきます。雨の味方は、一人でも多い方がいいですから。

朝晴・暁子が去る。雨・北斗がやってくる。北斗はバッグを持っている。反対側から、高柴がやってくる。

高柴　君たち、このアパートの人？

北斗　いや、俺は違います。こいつはそこの部屋に住んでますけど。

高柴　ひょっとして、桜井雨さんかな？

北斗　なんで知ってるんですか？

高柴　さっき、郵便受けを見たんだ。雨なんて名前の子には会ったことがないからね。会うのを楽しみにしてたんだ。

北斗　あんた、一体誰です。

高柴　僕は高柴史郎。（雨に）明日から、君の隣の部屋に住むことになった。

雨　隣の部屋って、暁子さんの？

高柴　君、暁子のこと、知ってるの？

雨　はい。何度か話をしたんで。

高柴　そうか。（と腕時計を見て）暁子のことはまた今度話そう。じゃ、僕は仕事があるんで。

高柴が去る。

北斗　知ってたか？　あいつのこと。

雨　ううん。
北斗　当たり前だよな。あんなキレイな人に、彼氏がいないわけない。
雨　お父さん、ショックだろうなあ。
北斗　俺もだよ。
雨　へえ。
北斗　朝晴さんて、ホント、女運がないよな。マリアさんに逃げられて、それからずっと彼女ができなくて、やっといい人に巡り逢ったかと思ったら、売約済。
雨　チョウチョを捕まえるのはうまいのに。

雨・北斗が椅子に座る。暁子がやってくる。

暁子　雨ちゃん、もう退院できたの？
雨　はい。注射を打って、いっぱい寝たら、元気になりました。
北斗　暁子さん、今、表で高柴って人に会いましたよ。
暁子　そう。
北斗　あの人、暁子さんの恋人ですか？
暁子　実はそうなんだ。彼はカメラマンなんだけどね。五年前にニューヨークへ行って、向こうで仕事をしてたの。
雨　じゃ、五年もあの人のことを？

暁子　本当はもっと早く帰ってくるはずだったのよ。でも、彼ったら、向こうで売れっ子になっちゃって。これからは、東京とニューヨークの両方で活動していくみたい。
雨　良かったですね。帰ってきてくれて。
暁子　それより、雨ちゃん、桜井さんのことなんだけど。
雨　私、病院から電話したんですよ。迎えに来てほしいって。でも、ずっと留守電で。
北斗　どこに行っちゃったのかな。買い物かな。
暁子　違うの。桜井さんは今朝、長野へ行ったのよ。
雨　長野？
暁子　（封筒を差し出して）これ、桜井さんからの手紙。
雨　（受け取って、便箋を取り出し、読む）「雨へ。おばあちゃんに会ってくる。すぐに戻るから、心配するな。お父さんより」
北斗　（暁子に）朝晴さん、田舎へ帰ったんですか？　何のために？
暁子　さあ……。
雨　ホッくん。私、お父さんを追いかけたい。
北斗　何言ってるんだ、病み上がりのくせに。
雨　でも、おかしいじゃない。今まで一度も帰ろうとしなかったのに。
北斗　わかった。きっと、借金しに行ったんだよ。朝晴さん、学校を辞めて、収入がゼロになっただろう？　おまけに、おまえの入院費もかかったし。
雨　それだけならいいけど。

北斗　他に何があるって言うんだ？
雨　お願い、ホッくん。私を長野へ連れてって。

雨・北斗・暁子が去る。朝晴がやってくる。

朝晴　ここは変わらないな。十五年経っても。

波代がやってくる。

波代　朝晴かい？
朝晴　ただいま、母さん。
波代　何だい、あんたって子は。連絡も寄越さないで、いきなり帰ってきて。おまえ一人かい？　雨ちゃんはどうしたの？　あら、荷物は？　何も持たずに来たのかい？
朝晴　いっぺんに聞くなよ。答えられないだろう？
波代　悪かったね、母さん、興奮しちゃって。本当によく帰ってきたね。さあ、中にお入り。
朝晴　母さん、親父は？
波代　仕事に行ってるよ。会っていくんだろう？
朝晴　ああ。
波代　会ったら、すぐに謝るんだよ。勝手に家を出て、すみませんでしたって。大丈夫だよ。あ

朝晴　んたが頭を下げるのを見れば、きっとすぐに許してくれる。

波代　見えないよ、親父には。

朝晴　何だって？

波代　何でもない。それより、久しぶりに、母さんのおやきが食いたいな。野沢菜のやつ。

はいはい、今、作るよ。

波代・朝晴が去る。

10

雨・北斗がやってくる。北斗は地図を持っている。

北斗　偉い所に来ちまったなあ。どっちを向いても、畑と果樹園ばっかりだ。
雨　どう？　ホッくん。
北斗　ダメだ。現在地を完全に見失った。仕方ないだろう？　目印になる建物が何にもないんだから。
雨　（遠くを見て）あ。あの人に聞いてみたら？

洋平が自転車に乗って、やってくる。

北斗　あの、すいません！
洋平　（自転車を停める）
北斗　この辺りに、桜井洋平さんのお宅があると思うんですけど、ご存じないですか？
洋平　あんたは？

北斗　僕は、洋平さんの息子さんの知り合いです。で、この子は——

洋平　（雨の顔を見て）雨か？

雨　え？

洋平　おまえの顔は写真で何度も見てる。よく来たな。俺の家はすぐそこだ。

北斗　それじゃ、あなたが？

洋平　ついてこい、雨。

北斗　あ、ちょっと待って！

洋平・雨・北斗が去る。朝晴・波代がやってくる。波代は新聞を持っている。

波代　はい、夕刊。（と差し出す）

朝晴　あ、ありがとう。（と受け取る）

波代　台湾で日本人の死体が見つかったらしいよ。全く、次から次へと、物騒な事件ばっかり起きるね。

朝晴　（新聞を開いて、読む）「身元不明の死体発見」！

波代　おまえもこないだ、台湾へ行ったんだろう？　無事で良かったよ。チョウチョが好きなのはわかるけど、あんまり無茶はしないでおくれよ。

朝晴　（新聞を机に置いて）母さん、話があるんだ。

波代　何だい、改まって。

朝晴　いや……。やっぱり、後にする。

雨・北斗がやってくる。二人ともバッグを持っている。

雨　お父さん！
朝晴　雨！　おまえ、どうしてここに。
雨　（朝晴に抱きついて）ひどいよ。黙って一人で出かけるなんて。
朝晴　（雨の体を離して）体の具合は？　出歩いたりして平気なのか？
雨　もう、すっかり治ったよ。ね、ホッくん。
波代　よく来たね、雨ちゃん。ホッくんは雨ちゃんの彼氏かい？
雨　まさか。
朝晴　（波代に）俺がずっと世話になってる、早川さんて人の息子だよ。
波代　そうかい。（北斗に）雨の祖母です。雨がいつもお世話になってます。
北斗　早川北斗です。早川ホッくんじゃありません。
波代　ホッくんは長野は初めて？
北斗　ええ。朝晴さんから聞いてはいたけど、ホントに田舎なんですね。
波代　駅前はともかく、この辺りはリンゴ畑しかないからね。道に迷ったりしなかったかい？
雨　迷った。でね、通りかかった人に聞いたら、それがおじいちゃんだったの。
朝晴　おまえ、親父に会ったのか？

雨　うん。お父さんの話と、全然違ってた。とっても優しい人じゃない。

洋平がやってくる。

波代　お帰りなさい。先に、雨とホッくんに会ったんですってね。
洋平　ああ。腹が空いてるみたいだから、早めに飯にしてやってくれ。
朝晴　父さん。
洋平　（椅子に座り、新聞を開く）
波代　朝晴、お父さんに謝るんじゃなかったのかい？
朝晴　謝っても無駄だよ。父さんには……。
洋平　今日は泊まっていくのか。
朝晴　え？
洋平　十五年ぶりに帰ってきたんだ。一晩ぐらい、ゆっくりしていけ。
雨　私、泊まりたい。いいでしょう、お父さん？
朝晴　ああ。
北斗　こいつは最初からそのつもりだったんですよ。着替えと歯ブラシまで用意してきたんですから。
雨　だって、初めて来たんだよ。
波代　朝晴と雨ちゃんは、朝晴の部屋でいいよね？　ホッくんはどうしようか。

洋平　俺たちの部屋でいいだろう。俺たちは下で寝れば。（北斗に）案内してやろう。ついてこい、ホッくん。
北斗　北斗です。あ、ちょっと待って。
朝晴　父さん。勝手に家を飛び出して、おまけに十五年も帰ってこなくて、本当に申し訳ありませんでした。
洋平　（頷く）

洋平・北斗が去る。

雨　良かったね、仲直りできて。
朝晴　ああ。

雨が去る。

波代　あの人、本当はうれしいんだよ。何しろ、今年で六十五だからね。喧嘩したままじゃ、死んでも死に切れない。間に合って、本当に良かったよ。
朝晴　母さん、俺は……。
波代　夕ご飯は何がいい？　おまえの大好きなキノコ汁でも作ってあげようか？
朝晴　うん。

朝晴・波代が去る。縁台が出てくる。その上に将棋盤。洋平がやってくる。新聞を持っている。洋平が縁台に座る。新聞を見ながら、詰め将棋を始める。雨がやってくる。

雨　おじいちゃん、肩を揉んであげようか？　私、結構、うまいんだよ。
洋平　ああ、頼む。
雨　（洋平の肩をつかんで）うわー、固い！

北斗がやってくる。

北斗　よし、俺が代わってやるよ。
洋平　結構。
北斗　え？　でも、俺の方が力がありますよ。
洋平　俺は雨にやってほしいんだ。
雨　おじいちゃんて、今、何を作ってるの？　お米？　野菜？
洋平　今はリンゴだ。
雨　凄い。明日、見に行ってもいい？

朝晴がやってくる。

朝晴　見るだけじゃなくて、手伝ってきたらどうだ？
雨　リンゴを作るお手伝い？　面白そう。お父さんも一緒にやるよね？
朝晴　俺は朝になったら帰る。やらなくちゃいけないことがあるし。
雨　それって、作曲のこと？
朝晴　え？　ああ、そうだ。
雨　頑張ってね。聞くの、楽しみにしてるから。
北斗　（朝晴に）よし、朝晴さんの肩は俺が揉んであげましょう。
朝晴　俺はいいよ。おまえら、そろそろ寝ろ。俺は親父と話があるんだ。
雨　わかった。おじいちゃん、おやすみなさい。

雨・北斗が去る。

洋平　話って何だ。
朝晴　うん……。
洋平　どうした。言わないのか？　おまえが家に帰ってきたのは、このためじゃなかったのか？
朝晴　（奥に向かって）母さん、ちょっとこっちに来てくれ。

波代がやってくる。

波代　そんなに大きな声を出さなくても、聞こえてるよ。
朝晴　二人とも、俺の話を黙って聞いてほしい。どんなにバカバカしいと思っても、最後まで。
波代　ああ、いいとも。
朝晴　七月の終わりに、台湾へ行ったんだ。コウトウキシタアゲハって蝶を採りに。森の中でその蝶を見つけて、捕まえようとしたら、穴に落ちた。それなのに、目が覚めたら、東京のアパートにいた。自分の部屋で、ベースを弾いてたんだ。
波代　それはつまり、落ちた後の記憶をなくしたってことかい？
朝晴　そうじゃない。（と新聞を示して）二人とも、これを読んだだろう？「身元不明の死体発見」。この死体は、俺なんだ。俺は自分の体を残して、家に帰ってきたんだ。俺は、幽霊なんだ。
波代　バカバカしい。そんな話が信じられると思うかい？
朝晴　俺も最初は信じられなかった。でも、本当なんだ。俺の姿が見えない人が、たくさんいる。見える人の方が少ないんだ。
波代　嘘だろう、朝晴？
朝晴　父さん、母さん、ごめん。せっかく産んでくれたのに、先に死んで、ごめん。
波代　朝晴！
朝晴　ごめん。
洋平　雨は知ってるのか。

朝晴　まだ言ってない。言ったら、一緒に暮らせなくなると思ったから。俺は雨を守りたかった。そのために帰ってきたんだ。

洋平　でも、いつまでも隠しておくわけには行かないだろう。

朝晴　ああ。死体の身元が判明したら、すぐに報せが来ると思う。雨が知るのは、もう時間の問題なんだ。

洋平　そうなる前に、あの世へ行くつもりか。

朝晴　俺だって、行きたくなんかない。でも、ダメなんだ。幽霊は、生きてる人間の生命力を奪う。このまま雨と暮らし続けるわけには行かないんだ。

洋平　そうか。

朝晴　俺がいなくなったら、雨は月江の家へ行くことになると思う。月江は実の母親だ。きっと雨を可愛がってくれる。でも、雨に何かあったら、その時は力を貸してやってほしいんだ。雨と俺は血が繋がってない。父さんや母さんから見たら、赤の他人だ。でも、俺にとっては、本当の娘なんだ。だから――

洋平　もう言うな。

朝晴　……。

洋平　おまえというやつは日本一の親不孝者だ。でもな、おまえは雨を立派に育てた。俺たちを孫に会わせてくれた。そのことだけは認めてやってもいい。

朝晴　父さん……。

波代　そうだよ、朝晴。雨は誰がなんて言おうと、私たちの孫だよ。

洋平　（朝晴に）心配するな。雨は俺たちが必ず守る。約束だ。
朝晴　ありがとう、父さん。

朝晴・洋平・波代が去る。

11

雨・北斗がやってくる。北斗はバッグを持っている。後から、高柴がやってくる。トランクを持っている。

高柴　こんにちは、雨ちゃん。
雨　こんにちは。そうか。今日から暁子さんの部屋に住むんですね？
高柴　ああ。夕方ぐらいまでには片づくと思うから、その後、挨拶に行くよ。お父さん、今日は家にいる？
雨　父なら、一緒に。（と振り返って）あれ？
北斗　おかしいなあ。たった今まで、後ろにいたのに。
高柴　君たちの後ろには誰もいなかったよ。
北斗　コンビニでも行ったのかな。高柴さん、俺、何か手伝いましょうか？
高柴　いや、荷物は業者に頼んだから、大丈夫。僕は「それはそこに」って言えばいいだけだし。
雨　だったら、暁子さんと二人だけで十分ですね。
高柴　雨ちゃん、君が言ってる暁子って、小柳暁子のことだよね？

雨　はい。
高柴　君は、僕が暁子とここに住むと思ってるのか？
雨　え？　違うんですか？
高柴　暁子とは住めないよ。暁子は三年前に亡くなったんだから。
北斗　亡くなった？　暁子さんがですか？
雨　（高柴に）そんなの嘘です！
高柴　どうして嘘だと思うんだ。理由を教えてくれないか？

雨・北斗・高柴が椅子に座る。

北斗　信じられません。暁子さんが幽霊だったなんて。
高柴　僕だって信じられないよ。君たちが暁子に会ったなんて。
雨　でも、本当なんです。私と父は、何度も会いました。話もしました。ホックんだって。ね、そうでしょう、ホックん。
北斗　（頷く）
高柴　（財布から写真を取り出し）この顔だったかい？（と差し出す）
雨　（受け取る）
北斗　（高柴に）間違いありません。昨日も話をしました。
高柴　僕と暁子は大学の時に知り合ってね。卒業してすぐに、ここで暮らし始めたんだ。今から

雨　八年も前の話だ。

高柴　高柴さんがニューヨークへ行ったのは、五年前ですよね？

北斗　ああ。向こうの学校に入って、一から勉強し直そうと思って。暁子には、一年で戻るって約束して。

高柴　どうして約束を破ったんですか？

北斗　試しにと思って応募した写真が、コンテストで優勝しちゃってね。おかげで、次から次へと仕事が来るようになった。暁子から、入院したって手紙をもらった時も、どうしても休みが取れなくて。

高柴　暁子さんより、仕事を取ったんですか？

北斗　そんなに深刻な病気だとは思わなかったんだ。手紙にも、病名までは書いてなかったし。スキルス性の胃癌だった。暁子は入院して、一月もしないうちに亡くなった。

高柴　それは確かなんですね？

北斗　僕の友人が葬儀に出た。四谷の教会だったかな。その時、遺体と対面したって言ってた。とても安らかな表情だったたって。

高柴　ちょっと待ってください。あなたは、葬式にも出なかったんですか？

北斗　その時も忙しくて。いや、それは言い訳だな。僕は怖かったんだ。暁子の死と向き合うのが。何だか、僕のせいで死んだような気がして。

雨　でも、暁子さんは、高柴さんを待ってたんですよ。五年前から、ずっと。

高柴　五年ぶりに戻ってきて、ここの大家さんに電話したら、この部屋が空いてるって言われて

雨　ね。懐かしくて、もう一度住むことにした。本当はもっと早く帰ってくるべきだったんだけど。
高柴　暁子さんのこと、今はどう思ってるんですか？
雨　本当にすまないことをしたと思ってる。でも、僕にはどうしようもなかったんだ。
高柴　好きなんですか、今でも。
雨　好きだった、としか答えられない。僕にとって、暁子は、もう過去の人間なんだから。

雷の音。北斗・高柴が去る。雨がソファーに座る。朝晴がやってくる。

朝晴　そうか。暁子さんは霊感が強かったわけじゃないんだな。自分が幽霊だから、詳しかったんだ。
雨　どうして本当のことを言ってくれなかったんだろう。
朝晴　さすがに言いにくかったんじゃないか？　もし最初に幽霊だって言われたら、あんなに仲良くなれてたか？
雨　なれなかったかもしれない。
朝晴　だろう？
雨　暁子さん、どこへ行っちゃったのかな。
朝晴　もう天国へ行ったんじゃないか？　高柴さんが帰ってきてくれたから。
雨　でも、暁子さんは高柴さんに会ってないんだよ。

朝晴　高柴さんには見えなかったんだよ。暁子さんの姿が。

雨　どうして？

朝晴　心が繋がってない人には見えないんだ。高柴さん、言ってたんだろう？　暁子さんは過去の人間だって。

雨　でも……。

朝晴　雨、今日はもう寝ろ。まだまだ病み上がりなんだし。

高柴の叫び声。

朝晴　あの声は？

雨　高柴さんじゃないかな。

朝晴　まさか！

雷の音。雨・朝晴がテーブルに駆け寄る。風の音。暁子が両手で高柴の首を締めている。

雨　暁子さん、やめて！

暁子　出ていって。

朝晴　やめてください、暁子さん。その人を殺して、何になるんです。

暁子　あなたたちには関係ない。出ていって。

雨　関係ある。私は暁子さんが大好きなんだから。大好きな人に、そんなひどいことしてほしくない。
暁子　私はこの人が許せないのよ。どうしても。
雨　ずっと帰ってこなかったから？　でも、それは仕方なかったのよ。
暁子　あなたに何がわかるの？
雨　昼間、話をしたの。高柴さんは何度も帰ろうと思った。でも、仕事が忙しくて。
暁子　嘘よ。この人の言ったことは何から何まで嘘。
雨　嘘って？
暁子　この人は有名になりたかったの。だから、一人でニューヨークへ行った。私より、自分のことの方が大事だったの。
雨　そんなことない。
暁子　信じてたのに。帰ってくるって約束したのに。この人は私を裏切った。
雨　暁子さん。
暁子　この日が来るのをずっと待ってた。この部屋で、たった一人で。この人に会える日を。この人を殺す日を。

暁子が高柴を突き飛ばす。高柴が倒れる。

雨　暁子さん、やめて！

朝晴　雨！

高柴　暁子、おまえは誤解してる。俺はおまえをニューヨークに呼びたかった。そのために、一日でも早く、プロになろうと思って――

暁子　嘘よ。

高柴　嘘じゃない。おまえを忘れたことは、一度だって――

暁子　（立ち上がって）騙されない。今度は絶対に騙されない。

暁子が高柴の首に手をかける。

朝晴　暁子さん、高柴さんの言うことを信じてあげてください。

暁子　お願い。もう邪魔しないで。

朝晴　高柴さんはここに帰ってきた。あなたと暮らしていた部屋に。それはあなたが好きだからです。俺にはわかる。

暁子　私にはわからない。

朝晴　いいじゃないですか、こうして会えたんだから。話ができたんだから。それで十分じゃないですか。

暁子　桜井さん。

朝晴　許してあげましょうよ。高柴さんのことを。今でも好きなんでしょう？　だから待ってたんでしょう？

暁子が外へ飛び出す。雨・朝晴が後を追う。高柴が去る。

雨　暁子さん、待って！

暁子　（立ち止まって）雨ちゃん、今まで嘘をついてて、ごめんね。

雨　本当は幽霊だったってこと？　最初はビックリしたけど、今は全然気にしてない。だって、暁子さんは暁子さんだもの。

暁子　あなたと仲良くなれて、本当に良かった。勇気を出して、話しかけて、正解だった。

雨　それって、先週のこと？

暁子　そうよ。三年前、病院で意識が遠くなって、気づいたら自分の部屋にいたの。それからずっと、私の姿は誰にも見えなかった。話しかけても、誰にも聞いてもらえなかった。だから、とっても淋しかった。あなたと何とか仲良くなりたくて、だから、必死で心を込めて、話しかけたの。

朝晴　そうすれば、見えるんですか？　心が繋がってなくても。

暁子　ええ。桜井さん、今日まで本当にありがとうございました。

朝晴　行くんですか？　天国へ。

雨　どうして？　私は暁子さんと別れたくない。ずっとそばにいてほしい。

暁子　私だって、そうしたい。でも、それはきっと許されないことなの。幽霊は、生きてる人に何もしてあげられないんだから。

雨　いいよ、それでも。ここにいて。
晩子　聞いて、雨ちゃん。死んだ人間にとって、幸せは、安らかに眠ることなのよ。私は今まで、ずっと苦しかった。あなたと一緒にいる間だけは、違ってたけどね。雨ちゃん、幸せになってね。
雨　晩子さん……。
晩子　いいことを教えてあげる。幸せになる一番の方法は、誰かを深く愛すること。たとえ思いが通じなくても。わかった？
雨　（頷く）
晩子　じゃあね。

晩子が去る。

12

番場がやってくる。

番場　外務省前から番場がお伝えします。一昨日のお昼頃、台湾南部で見つかった日本人の死体について、新しい情報が発表されました。外務省の調べによりますと、高雄（カオシュン）市内のホテルに滞在していた男性が一名、行方不明になっているそうです。この男性は二週間前にホテルに入り、五日ほど滞在、その後、消息が途絶えたとのことです。発見された死体と同一人物であるかどうかは、今のところ、わかっていません。

朝晴・早川・霧子がやってくる。

早川　何？　外務省から電話がかかってきた？

朝晴　ええ。海外邦人安全課ってところから。

早川　用件は。

朝晴　わかりません。留守電に、帰ってきたらすぐ、電話をくれって。

霧子　（早川に）朝晴君、何だって？
早川　電話がほしいって言われたんだとさ。
霧子　朝晴君が無事に帰ってきたかどうか、確かめたいんじゃない？
朝晴　（テーブルを叩いて）そうだと思います。
早川　雨は、その場にいなかったんだろうな？
朝晴　ええ。北斗と出かけた後だったんで。
早川　でも、またすぐにかかってくるぞ。いや、下手をしたら、直接、アパートに来ちまうかもしれない。
霧子　そうなったらアウトね。もう誤魔化しようがないもの。
早川　（朝晴に）よし、俺が外務省に電話してやる。朝晴はとっくに帰ってます、前よりピンピンしてますよって。
霧子　やめといた方がいいんじゃない？　後でバレた時、疑われるよ。なぜ嘘をついた、さてはおまえが殺したのかって。
早川　バカ野郎。なんで俺が朝晴を殺すんだよ。

電話が鳴る。早川が受話器を取る。別の場所に、波代・洋平がやってくる。

霧子　はい、桜井です。
波代　雨ちゃん？　風邪でも引いたのかい？

霧子　違います。私は雨ちゃんじゃなくて――
波代　じゃ、誰なんだい。
霧子　そう言うあんたは誰なのよ。
波代　私は桜井波代だよ。
霧子　朝晴君のお母さんですか？　私、早川の家内です。
波代　いつも朝晴がお世話になってます。
霧子　こちらこそ。今、朝晴君と替わりますね。（誰もいない方向に受話器を差し出して）朝晴君。
朝晴　（受話器を取って）母さん、俺。
波代　朝晴、ついさっき、外務省の人から電話があってね。
朝晴　台湾で見つかった死体は、俺じゃないかって言ってきたんだろう？
波代　ああ。それで、すぐに台湾へ行ってほしいって。私とお父さんと、それから、雨ちゃんも。
朝晴　雨も？
波代　私たちはいいんだよ。でも、雨ちゃんに耐えられるかどうか……。
洋平　（受話器を取って）朝晴、俺だ。
朝晴　父さん、台湾へは、母さんと二人で行ってくれないか？
洋平　わかった。今から出れば、夜には台湾に着く。いいか？　夜には結果が出て、それがニュースで流れる。その前に、雨にすべてを話せ。わかったな？
朝晴　ああ。

洋平　おまえの体は俺たちがちゃんと連れて帰ってくる。だから、おまえは雨のことだけを考えろ。
朝晴　ありがとう、父さん。

朝晴が受話器を置く。洋平・波代が去る。

早川　お父さんたち、台湾へ行くのか。
朝晴　夜には結果が出るそうです。その前に、雨に話せって。
早川　おまえ、覚悟はできたのか？
朝晴　ええ。雨だって、他のやつより、俺に言われた方がいいはずです。
霧子　（早川に）朝晴君、何だって？
早川　任せとけってさ。やっぱり、雨の父親は朝晴だけだ。誰が何て言っても。

北斗がやってくる。

北斗　あれ？　なんで親父とおふくろがここにいるわけ？
早川　おまえ、こんな時間まで、どこをほっつき歩いてたんだ。雨はどうした。
北斗　一度、帰ってきたんだよ。そしたら、マリアさんが部屋の前で待ってて。
朝晴　マリアが？　何のために。

北斗　雨と話がしたいって。
霧子　雨ちゃんを連れていったの？
北斗　後を追いかけたんだけど、まかれちゃって。
早川　（朝晴に）あいつ、先に話すつもりじゃないだろうな？
朝晴　でも、発見されたのが俺だってことは、まだ知らないはずですよ。ニュースでは、まだ名前を言ってないし。
霧子　（早川に）朝晴君、何だって？
早川　マリアはまだ知らないはずだってさ。
北斗　どうしたんだよ、おふくろ。朝晴さんの声が聞こえないのか？
霧子　バカなこと言わないでよ。（誰もいない方向を示して）こんなに近くにいるのに、聞こえないわけないでしょう？
北斗　朝晴さんはこっちだよ。まさか、姿も見えないって言うんじゃないよな？
霧子　まさか。
北斗　じゃ、朝晴さんはどこにいる？
霧子　タケちゃん……。
早川　朝晴、言っちまえ。
朝晴　え？
早川　雨に話す練習だと思って。ほら。
朝晴　北斗、よく聞いてくれ。俺はもう死んでるんだ。

北斗　すいません。俺、そういうつまらない冗談は好きじゃありません。
早川　俺と同じこと言いやがって。やっぱり、血は争えねえなあ。
霧子　（北斗に）台湾で死体が発見されたでしょう？　あれは朝晴君なの。ここにいる朝晴君は、幽霊なのよ。
北斗　やめてくれよ、おふくろまで。
霧子　こんなこと、冗談で言えると思う？　よく思い出してみて。私、朝晴君が帰ってきてから、ずっとおかしかったじゃない。私には、朝晴君が見えてないからなのよ。
北斗　でも、俺には見えてる。声も聞こえるのに。
朝晴　いいか、北斗。雨はこのことをまだ知らない。俺は俺の口から雨に言いたい。だから、今すぐ雨に会いたいんだ。
北斗　（朝晴の胸ぐらをつかんで）あんた、雨を残して死んだのか。
朝晴　そうだ。
北斗　許さない。俺は絶対に許さない！

北斗が走り去る。

13

雨・マリアがやってくる。

雨　私、喫茶店へでも行くのかと思ってました。
マリア　そんな所じゃ、落ち着いて話ができないじゃない。
雨　あの、矢島さんは？
マリア　あの人はちょっと用事があってね。外務省に行ってるの。

ちえみ・広瀬がやってくる。

ちえみ　マリアさん、広瀬教授がいらっしゃいました。
マリア　（広瀬に）わざわざ自宅まで来ていただいて、申し訳ありません。
広瀬　構いませんよ。矢島さんにはいつもお世話になってますから。
マリア　雨、こちらは東大病院の広瀬先生。精神科のお医者さんでね、心の病気を治すのが専門なのよ。

雨　心の病気？

広瀬　病気だけじゃなくて、悩み事の相談にも乗りますよ。だから、安心して、話してください。

マリア　ねえ、雨。朝晴が台湾から帰ってきたのはいつ？

雨　十日前です。

マリア　朝晴はあなたと一緒に暮らしてる。あなたには朝晴の姿が見えて、声も聞こえるのよね？

雨　ええ……。どうしてそんなことを聞くんですか？

マリア　昼間、矢島さんから電話があったの。矢島さんのお友達が外務省にいてね。その人が、まだ公式に発表されてない情報を教えてくれたんだって。

雨　情報？

マリア　一昨日、台湾で日本人の遺体が発見されたでしょう？　その遺体の身元が今朝、わかったらしいの。地元の警察が付近のホテルを捜索したら、一人、行方がわからなくなってる人がいてね。その人は二週間前に、日本から来たらしいの。珍しい蝶を捕まえるために。

雨　やめてください。

マリア　お願いだから、最後まで聞いて。ホテルの部屋には、その人のパスポートが残ってた。名前は――

雨　（立ち上がって）聞きたくない！　何も聞きたくない！

マリア　（雨の腕をつかんで）雨、落ち着いて！

雨　お父さん！　お父さん！

雨が倒れる。広瀬が雨を抱き上げ、ベッドに運ぶ。マリア・ちえみ・広瀬が去る。番場がやってくる。

番場　私は今、成田空港に来ています。先程、発見された男性のご両親がこちらへ到着されました。お二人とも沈んだ表情でしたが、取り乱した様子は見られませんでした。まもなく特別機で台湾へ出発されるそうです。ところで、つい先程、外務省から、男性の身元が発表されました。東京都世田谷区にお住まいの音楽家、桜井朝晴さん、三十四歳。繰り返します。発見されたご遺体は、桜井朝晴さんです。

番場が去る。朝晴・早川・霧子が椅子に座っている。電話が鳴る。早川が受話器を取る。

早川　もしもし。……俺は早川岳男だ。そういうおまえは誰だ。……テレビ朝日が俺に何の用だ。……俺に用がないなら、電話してくるな。バカ！（と受話器を置いて）クソー。この忙しい時に、何がインタビューだ。

霧子　これから、ジャンジャンかかってくるよ。留守電にしておいた方がいいんじゃない？

早川　そうだな。（と電話に歩み寄って）面倒くせえ。コードを抜いちまえ！

早川が電話のコードを抜く。と、チャイムの音。

早川　今度は何だ。

霧子　マスコミかもしれない。私、見てくる。

霧子が去る。雨が起き上がり、携帯電話をかける。別の場所に、北斗がやってくる。

北斗　雨、おまえ、今、どこにいるんだ？
雨　矢島さんの家。
北斗　なんでそんな所にいるんだ。みんな、心配してるんだぞ。
雨　ホッくん、助けに来て。
北斗　どうした？　具合でも悪いのか？
雨　何だか目眩がして。一人じゃ、歩けそうにない。
北斗　わかった。すぐに行く。でも、俺、中には入れてもらえないか。おまえ、玄関まで出てこられるか？
雨　何とかする。
北斗　よし。十五分後に会おう。

雨・北斗が携帯電話を切る。北斗が去る。朝晴が椅子から立ち上がる。

朝晴　タケさん、俺、矢島の家へ行ってきます。
早川　待てよ。雨がそこにいるとは限らないぞ。

朝晴　でも、ここでジッとしていても……。
早川　仕方ない。乗せてってやるよ。

霧子がやってくる。

霧子　どこへ行くの？
早川　矢島の家だ。雨を迎えに。
霧子　それはちょっと難しいんじゃないかな。アパートの前は、レポーターやカメラマンでいっぱいだから。
早川　もうそんなに来やがったのか？
朝晴　俺一人で行きますよ。俺なら、誰にも見えないし。
早川　でも、おまえ一人じゃ、タクシーも拾えないだろう。
朝晴　電車に乗るから、大丈夫です。タケさん、俺、雨に会ったら、ちゃんと話をします。話ができたら、もう何も思い残すことはない。天国へ行きます。
霧子　(早川に)朝晴君、なんて言ったの？
早川　これでお別れだとよ。
霧子　そんな……。
早川　(朝晴に)おまえ一人を行かせてたまるか。よし、三人で強硬突破だ。霧子、カメラマンは俺が倒す。おまえはレポーターを倒せ。

霧子　そんなことして、捕まったら、どうするのよ。ここは私に任せて。

早川　任せるって？

霧子　表に出て、インタビューを受ける。私一人でね。その隙に、外へ出て。

早川　おまえってやつは、俺には過ぎた女房だ。

霧子　朝晴君、私、あなたに謝らなきゃいけないことがあるの。

早川　何だよ、この忙しい時に。

霧子　いいから、言わせて。（朝晴に）私はね、あなたのことがずっと許せなかったの。マリアが雨ちゃんを置いて、出ていった時。あなたは雨ちゃんのために、ジャズを捨てたでしょう？　もちろん、それは仕方ないことだった。でも、あのまま続けていれば、今頃はマリアに負けないぐらいの、ううん、ずっと凄いアーティストになれたのに。

朝晴　そんなことありませんよ、俺なんか。

霧子　私はあなたに、もっと真剣にジャズをやってほしかった。だから、あなたを見てると、ついイライラしちゃって。

朝晴　すいませんでした。

霧子　謝ることないのよ。間違ってたのは私なんだから。

朝晴　え？

霧子　あなたは一流のアーティストにはなれなかったけど、世界一の父親になった。雨ちゃんにとってはね。

朝晴　霧子さん。

霧子　何よ。
早川　おまえ、朝晴の声が聞こえるのか？
霧子　え？

霧子が朝晴の顔を見る。手を伸ばし、朝晴の顔に触れる。

霧子　朝晴君……。
朝晴　霧子さん、長い間、本当にお世話になりました。
霧子　私の方こそ。じゃ、行ってくる。

霧子が去る。後を追って、朝晴・早川も去る。雨がベッドから立ち上がる。ちえみがやってくる。

ちえみ　どこへ行くつもり？
雨　私、家に帰りたいんです。
ちえみ　あなたは熱があるのよ。今、無理をしたら、またすぐに倒れるわ。
雨　大丈夫です。ホッくんが迎えに来てくれるから。

マリア・広瀬がやってくる。

マリア　そんなに朝晴に会いたいの？

雨　ええ。

マリア　雨、落ち着いて、思い出してみて。朝晴が台湾から帰ってきた時のこと。あなたはどこで、何をしてたの？

雨　ソファーで居眠りしてました。一晩中、帰りを待ってたんで。

マリア　朝晴は本当に帰ってきた？　間違いない？

雨　どういう意味ですか？

マリア　あなたは待ち疲れて眠ってた。だから、夢を見たんじゃないの？

雨　夢？

マリア　そうよ。朝晴が帰ってきたことも。一緒に暮らしたことも。何もかも、夢だったんじゃない？

広瀬　マリアさん、これ以上はやめた方がいい。

マリア　（マリアに）夢じゃありません。絶対に。

雨　これだけ言っても、わからないの？　朝晴はとっくの昔に台湾で——雨　お父さんは帰ってきました。私と一緒に暮らしました。何もかも、本当にあったことです。夢なんかじゃありません。

雨が歩き出す。マリア・ちえみ・広瀬が雨の体をつかむ。雨がふりほどこうともがく。と、マリア・ちえみ・広瀬が何かに弾き飛ばされたかのように、倒れる。雨の後ろに、暁子が立っている。

雨　晩子さん！

暁子　雨ちゃん、行きなさい。

雨が走り去る。後を追って、マリア・ちえみ・広瀬が走り去る。暁子も去る。

14

雨・北斗が走ってくる。北斗が携帯電話をかける。別の場所に、朝晴・早川がやってくる。

早川　北斗、おまえ、どこにいるんだ？
北斗　矢島さんの家の前。雨を迎えに来たんだ。
早川　雨は？　そこにいるのか？
北斗　ああ、今、替わる。（と携帯電話を雨に差し出す）
雨　おじさん、ごめんね。心配かけて。
早川　そんなことはどうでもいい。それより、テレビは見たか？
雨　テレビ？　何の？
早川　ニュースだよ。テレビ朝日だったら、報道ステーションとか。いや、見てないなら、それでいいんだ。
朝晴　（早川から携帯電話を奪って）雨、俺だ。
雨　お父さん、私、今から帰るから。
朝晴　いや、家はまずい。ちょっとゴタゴタしてて。そうだ。遊園地で会おう。おまえが小さい頃、よく一緒に行った。あそこの観覧車の前で。

雨　わかった。観覧車ね。

雨・北斗の後ろに、ちえみがやってくる。

北斗　雨、行くぞ。

雨・北斗が去る。朝晴・早川も去る。ちえみのそばにマリアがやってくる。

マリア　ちえみちゃん、雨は？

ちえみ　観覧車って言ってました。

マリア　観覧車？　今から観覧車に乗りに行くって言うの？　一体、何を考えてるのかしら。

ちえみ　お父さんと二人で乗るつもりじゃないでしょうか。

マリア　バカバカしい。死んだ人間と乗れるわけないじゃない。

ちえみ　乗れますよ。雨さんには見えるんだから。

マリア　ちえみちゃん、あなた、何言ってるの？

ちえみ　乗せてあげませんか？　観覧車に。二人で。

マリア　車を出して。早く。

ちえみ・マリアが去る。朝晴・早川がやってくる。

早川　俺はここで待ってる。しっかり話してこいよ。

朝晴　タケさん、俺、一人で東京へ出てきた時、不安で不安でたまりませんでした。タケさんに会えて、ホントに良かったです。

早川　バカ。今さら、そんな昔の話をするな。

朝晴　雨のこと、よろしくお願いします。

早川　俺に任せろ。淋しい思いは絶対にさせないから。

朝晴が去る。反対側へ、早川が去る。雨・北斗がやってくる。

北斗　観覧車はどっちだ？

雨　（遠くを指差して）あそこだよ。ジェットコースターの向こう。

北斗　おまえ、小さい頃から好きだったよな。観覧車なんか、何が楽しいんだ？

雨　お父さんと二人になれるから。

北斗　え？

雨　お父さんはね、私のことも好きだけど、チョウチョもベースも、同じぐらい好きなの。でも、あれに乗れば、二人だけになる。私はお父さんを独り占めできる。

北斗　好きなだけ、独り占めしてやれよ。朝晴さんが、もういいって言うまで。

雨・北斗が去る。朝晴がやってくる。反対側から、暁子がやってくる。

朝晴　暁子さん……。あなた、天国へ行ったんじゃないんですか？

暁子　私の心残りは、高柴君じゃなかったんです。いつの間にか、変わってたんです。雨ちゃんとあなたに。

朝晴　俺たちを助けに来てくれたんですか？

暁子　桜井さん、もうすぐ、ここにマリアさんが来ます。

朝晴　マリアが？　まずいな。あいつが来たら、雨と話ができない。

暁子　雨ちゃんに会う前に、マリアさんと話をしたらどうですか？

朝晴　でも、あいつには俺が見えないんですよ。

暁子　忘れたんですか？　相手のことを強く思うんです。そうすれば、きっと見える。

マリアがやってくる。暁子が去る。

マリア　朝晴……。

朝晴　久しぶりだな、月江。

マリア　あなた、台湾で亡くなったんじゃなかったの？

朝晴　幽霊になって、帰ってきたんだ。雨を守るために。

マリア　それじゃ、雨が言ってたことは……。
朝晴　この十日間、俺は雨と一緒に暮らした。でも、これ以上、雨のそばにいるわけには行かない。もう限界なんだ。
マリア　いなくなるの？　雨の前から。
朝晴　ああ。最後に、雨と話をさせてくれ。二人だけで。
マリア　さよならを言うのね？
朝晴　その前に、おまえに頼みがある。雨はまだ小学生だ。だから、雨の力になってやってほしい。雨がおまえと暮らしたいって言うなら、俺は構わない。でも、決めるのは雨だ。雨のしたいようにさせてくれ。
マリア　雨のしたいように？
朝晴　もちろん、間違ったことをしたら、叱ってくれ。母親なんだから。
マリア　私が母親だって、認めてくれるの？
朝晴　ああ。
マリア　わかった。朝晴、雨を育ててくれてありがとう。
朝晴　おまえこそ、雨を産んでくれて、ありがとう。

朝晴が去る。反対側へ、マリアが去る。雨・北斗がやってくる。

北斗　遅いな、朝晴さん。もう一回、親父に電話してみようか？

雨　大丈夫。
北斗　でも、途中で事故にでも遭ってたら。
雨　お父さんは来る。遅くなっても、必ず。ほら。

朝晴がやってくる。

北斗　朝晴さん！
朝晴　(雨に）悪かったな、遅くなって。
雨　ううん。
北斗　(朝晴に切符を差し出して）切符、買っておきました。
朝晴　(受け取って）おまえは乗らないのか？
雨　俺はここで待ってます。二人で、ゆっくり話してきてください。
朝晴　北斗、今日までいろいろありがとう。
北斗　お礼を言いたいのはこっちの方ですよ。クソー。ほら、早く乗って。
朝晴　ああ。雨。

雨・朝晴が観覧車に乗る。北斗が去る。

雨　(外を見て）久しぶりだね。最後に乗ったのは、三年生の時だったかな。てことは、三年

朝晴　ぶりだ。
雨　俺は、ほんの昨日のような気がするよ。
朝晴　そう？　ねえ、見て、お父さん。窓の明かりが、あんなに遠くまで。
雨　ああ。
朝晴　空も凄い。星でいっぱい。雨が降ってなくて、良かったね。
雨　雨。
朝晴　何？
雨　俺の机の上に楽譜がある。後で見てくれ。
朝晴　曲、できたの？
雨　半分だけな。でも、タイトルは決まってるんだ。『永遠の雨』。
朝晴　雨って、私のこと？
雨　ああ。
朝晴　ありがとう。帰ったら、聞かせてね。
雨　雨、俺は帰れないんだ。おまえとは、ここで別れなきゃいけない。俺は、もう死んでるんだ。
朝晴　え？
雨　知ってたよ。
朝晴　とっくの昔に知ってたよ。でもね、そんなの、私にはどうでも良かった。だって、お父さんはお父さんじゃない。こうやって話もできるし、手も握れるし。（と朝晴の手を握る）
雨

朝晴　ダメなんだ、雨。（と雨の手を引き剝がして）俺はおまえに触れない。触ると、おまえの生命力を奪うんだ。おまえは死ぬんだ。

雨　だったら、触らない。触らなければ、ずっと一緒に暮らしていける？

朝晴　さっき、テレビで発表されたんだ。台湾で見つかった死体は、俺だって。もう生きてるフリはできない。おまえと一緒にはいられないんだ。

雨　いやだ。

朝晴　雨。

雨　私はお父さんと一緒にいたい。離れたくない。

朝晴　雨。

雨　私を置いていかないで。行くなら、私も一緒に連れてって。

朝晴　バカなことを言うな。おまえはまだ十二歳じゃないか。これから中学へ行って、高校へ行って、誰かと結婚して、子供を産んで。やらなきゃいけないことがいっぱいあるんだ。

雨　無理だよ、私一人じゃ。

朝晴　雨。

雨　お父さんがいなきゃ、何もできないよ。だから。

朝晴　おまえは一人じゃない。北斗がいる。タケさんや霧子さんもいる。俺の親父やおふくろもいる。月江もいる。あいつらがおまえを放っておくと思うか？　みんながおまえを守ってくれる。だから、俺がいなくなっても、やっていける。やっていかなきゃダメなんだ。

雨　どうしても？

朝晴　雨、俺はおまえに幸せになってほしいんだ。世界一幸せになってほしいんだ。それが俺の夢なんだ。
雨　お父さん。
朝晴　頑張れ、雨。おまえなら、きっとなれる。
雨　暁子さん。暁子さん。

暁子がやってくる。

雨　暁子さん、お願いがあるの。
暁子　何？
雨　お父さんと一緒に行ってあげて。一人じゃ、かわいそうだから。
暁子　わかった。
雨　良かったね、お父さん。
朝晴　ああ。最後の最後まで、おまえに世話を焼いてもらったな。ホントに俺は情けない父親だ。
暁子　でも、最高の父親ですよ。雨ちゃんにとっては。
雨　ありがとう、暁子さん。（朝晴に）ありがとう……。
朝晴　雨。
雨　お父さん！

雨が朝晴に抱きつく。朝晴が雨を抱き締める。暁子が二人の体を両手で包む。朝晴・暁子が去る。雨が観覧車から降りる。北斗がやってくる。北斗が雨の肩を抱く。雨・北斗が去る。

15

早川・霧子がやってくる。早川が封筒から便箋を取り出して、読む。

早川「前略、早川北斗様。お元気ですか？　おじさんとおばさんは、喧嘩してませんか？　私はとっても元気です。長野の生活にもすっかり慣れて、毎日、元気に中学へ通っています」

霧子「お母さんには本当に感謝しています。私がおじいちゃんの家に住むことを許してくれて。仕事が忙しいのに、月に一度は会いに来てくれます。最初はちょっと照れ臭かったけど、今では普通に、お母さんて呼べるようになりました」

早川「あれから、もう一年も経つんですね。お父さんがもうこの世にいないなんて、今でも信じられません。だって、私は毎日、お父さんを感じているから。私の部屋は、お父さんが使っていた部屋。机も本棚もお父さんが使っていた時のまま。私はお父さんに囲まれて暮らしているのです」

霧子「夏休みの予定は決まっていますか？　もしまだだったら、ぜひ長野に遊びに来てください。おじいちゃんもおばあちゃんも、ホッくんに会いたがっています。もちろん、私もホッくんに会いたいです。良かったら、おじさんとおばさんも誘ってみてください。心からお待ちしています。かしこ。雨」

北斗がやってくる。

北斗　人の手紙、勝手に読むなよ。
霧子　いいじゃない。減るもんじゃないし。
早川　「私もホッくんに会いたいです」
北斗　（早川の手から便箋を取って）おかしな読み方するなよ。雨は別に、深い意味があって書いたんじゃなくて。
早川　当たり前だ。深い意味って何だ。おまえはただの幼なじみだ。自惚れるな！
霧子　雨ちゃん、背が伸びただろうね。（北斗に）下手したら、抜かされてるかもよ。
北斗　まさか。
早川　よし、出発だ。
北斗　何だよ。親父とおふくろも行くのかよ。
霧子　手紙に書いてあったでしょう？　「おじさんとおばさんも誘ってみてください」って。
北斗　俺は誘ってないぞ。
早川　そうか。じゃ、俺たちは俺たちの意思で行く。車は俺たちが使うからな。
北斗　ごめん、俺も乗せて。運転は俺がする。いや、させていただきます。

波代がやってくる。

波代　いらっしゃい。ずいぶん早かったね。
北斗　二度目ですからね。今度は迷わずに来られました。
早川　(波代に) 初めまして。早川です。
霧子　(波代に) 早川の家内です。一家揃って押しかけちゃって、すみません。
波代　いえいえ、大歓迎ですよ。雨も喜んでました。
北斗　あの、雨は？
波代　学校に行ってる。朝から音楽部の練習で。
早川　雨ちゃん、ベースを弾いてるんでしょう？ (霧子に) どれぐらい弾けるようになったか、楽しみだな。
北斗　俺はあんまり期待しない方がいいと思うよ。ベースってデカいし、雨には持つこともできないんじゃないかな。
霧子　バカなこと言うんじゃないの。雨ちゃんは、朝晴君の娘なのよ。最初のうちは苦労しても、きっとうまくなるわよ。
早川　(波代に) 練習って、夕方まであるんですか？
波代　午前中だけです。だから、そろそろ帰ってくると思うんだけど。途中で畑に寄ったのかもしれませんね。
霧子　(遠くを見て、早川に) ねえ、あれ、雨ちゃんじゃない？

早川　（北斗に）良かったな。まだ抜かされてないぞ。

北斗　雨！

雨・洋平がやってくる。北斗が雨に駆け寄る。雨と北斗が笑いながら、話をする。早川・霧子が洋平に挨拶する。六人の笑顔。その真ん中に、雨がいる。遠くに、朝晴・暁子が立っている。二人も雨を笑顔で見つめている。

〈幕〉

エトランゼ

ETRANGER

登場人物

ななえ（カメラマン）
高柴（ななえの同僚・カメラマン）
エミ（ななえの同僚・カメラマン）
小名浜（ななえの友人・編集者）
檜原（ななえの元上司・カメラマン）
八木沢（ななえの恋人・海運会社勤務）
里奈（かずみの長女・高校三年）
開（かずみの長男・高校一年）
かずみ（ななえの姉・主婦）
磐梯（開の同級生・高校一年）

1

六月十日、昼。ななえのスタジオ。
ななえと小名浜が椅子に座っている。小名浜はテーブルの上に小型のカセットレコーダーを置き、ノートを開く。

小名浜　さてと。準備はいいですか？
ななえ　え？　ちょっと待って。何について話すの？　個展のこと？
小名浜　それはもちろん。初めてにしては、かなり評判がよかったですね。お客さんもたくさん来たし。
ななえ　小名浜さんが宣伝してくれたおかげだよ。
小名浜　いえいえ。ななえさんの写真がよかったからですよ。まあ、その話は後でたっぷりお聞きしますけど、ウチは写真の専門誌じゃないですからね。
ななえ　知ってるよ。「都会で働く女性の豊かなライフスタイルを提案する月刊誌」でしょう？
小名浜　その通り。だから、ななえさんの人生すべてについて、いろいろ聞かせてください。
ななえ　人生か。写真のことなら、いくらでも話せるんだけど。

小名浜　もしかして、緊張してます？
ななえ　うん。私、おしゃべりは得意じゃないから。
小名浜　テープは百二十分あります。すぐに答えられなかったら、五分でも十分でも待ちます。
ななえ　そうならないように努力します。
小名浜　よろしくお願いします。じゃ、テープを回しますよ。（スイッチを押して）早速ですが、ななえさんが初めて写真を撮ったのはいつですか？
ななえ　えーと、たぶん、小学一年の時じゃないかな。
小名浜　ずいぶん早いですね。その時は何を撮ったんですか？
ななえ　祖父と祖母。夏休みに、祖父の家の庭で。
小名浜　うまく撮れました？
ななえ　ちょっとピンぼけ。でも、祖父はすごく誉めてくれて、引き延ばして床の間に飾ってくれた。
小名浜　へえ。カメラはおじいさんに借りたんですか？
ななえ　確か、ニコンだったと思う。祖父は専業農家だったんだけど、写真を撮るのが趣味でね。カメラやレンズをいっぱい持ってた。現像まで自分でやってたんだ。停止液の匂いはきついから、庭に専用の小屋を作って。
小名浜　本格的ですね。おじいさんの家にはよく行ってたんですか？
ななえ　しょっちゅう。ウチは両親が共働きだったから、長い休みの時は必ず預けられてたんだ。
小名浜　淋しかったでしょう？

ななえ　そうでもないよ。八歳上の姉も一緒だったから。

小名浜　何だ。それを先に言ってくださいよ。

ななえ　でも、姉が中学に上がってからは、私一人になった。今でも停止液の匂いを嗅ぐと、あの頃の思い出が浮かんでくる。

小名浜　たとえば？

ななえ　休みが終わって家に帰ると、いつも変な感じがしたこと。

小名浜　変な感じって？

ななえ　両親と姉の三人だけが家族で、私はお客さんみたいな感じ。

小名浜　それはなぜですか？

ななえ　夕食の時に出る話題に、全然ついていけないんだ。姉がピアノの発表会で三位になったとか、水泳大会で準優勝したとか。「おじいちゃんの家には行きたくない、一人で留守番できる」って言い張ったこともある。でも、相手にしてもらえなかった。「まだ子供だから」って。

小名浜　「グレてやる」って思いませんでした？

ななえ　そう思う前に、諦めた。私が何を言っても、何も変わらないんだって。

小名浜　わかります。私は小学校の時、バレエ教室に行かされてたんですよ。

ななえ　え？　小名浜さんがバレエを？

小名浜　いつも男役でした。いくらイヤだって言っても、聞いてもらえなくて。脱走しても、すぐに連れ戻されて。結局、卒業するまで続けました。

ななえ　偉いよ。私は半年ももたなかった。
小名浜　え？　ななえさんもバレエを？
ななえ　違う違う。私はピアノ。姉が習ってるのを見て、羨ましくなって。
小名浜　でも、すぐに飽きちゃったんですね？
ななえ　最初は「行きたい」って泣いたのに、すぐに「行きたくない」って泣いて。本当にワガママな子だよね。でも、姉は私とは正反対だった。結局、二十で結婚するまで続けたんだ。
小名浜　すごい。
ななえ　驚くのはまだ早い。姉は他にも習い事をしてたんだ。英会話は五年、スイミング・スクールは八年。
小名浜　ななえさんは？　ピアノ以外はやらなかったんですか？
ななえ　別に何も。両親には「好きなことをやれ」って言われたけど、思いつかなかった。
小名浜　「お姉さんを見習え」とか言われませんでしたか？
ななえ　それはなかった。姉は何かある度に「期待してるぞ」って言われてたけど、私は一度も。たぶん、私が男だったら違ったと思う。
小名浜　どういうことですか？
ななえ　姉の結婚式の時、父が言ったんだ。「早く男の子を産んでくれ」って。それでやっとわかった。どうして両親が私に何も言わないのか。あの人たちにとって、娘は姉だけで十分だった。私はどうでもよかった。何も期待してなかったんだって。だから、早く大人になりたかった。大人になって、自分だけの力で生活したかった。ごめん。つまらない話をしち

小名浜　やったね。
ななえ　その頃から、カメラマンを目指してたんですか？
小名浜　全然。はっきりそう思ったのは、大学三年の時。
ななえ　何かきっかけになるようなことがあったんですか？
小名浜　友達に、絵や写真を見るのが好きな子がいてね。美術館や写真展によく連れていかれたんだ。で、ある日、銀座でやってた、檜原さんの個展に行った。
ななえ　檜原さんの？
小名浜　その頃は名前も顔も知らなかったんだけどね。その時に見た写真が――
ななえ　人生を変えたんですね？
小名浜　その通り。
ななえ　どんな写真だったんですか？
小名浜　テーマは舞台裏だったかな。舞台の袖で出番を待ってるダンサーとか、試合に負けた後、控室でうずくまってるボクサーとか。見ているうちに目眩がしてきて、立っていられなくなった。
ななえ　感動しちゃったんですね？
小名浜　そうじゃない。怖くなったんだ。檜原さんのカメラはまるでナイフだった。被写体が胸の奥に隠していたものを、グサリと抉り出す。カメラであんなことができるなんて、信じられなかった。次の日、貯金を下ろして、カメラを買った。一生に一度でいいから、あんな写真が撮りたい。そのためなら何でもするって誓ったんだ。

そこへ、高柴・エミ・檜原・八木沢・里奈・開・かずみ・磐梯がやってくる。

檜原 最初は誰でもそう言うんだ。いい写真が撮りたい、そのためなら何でもするって。

ななえ 私は本気です。

檜原 俺は言葉は信じない。信じてほしかったら、態度で示せ。俺を唸らせるような写真を撮ってみろ。

ななえ わかりました。

八木沢 写真をやめろって言ってるんじゃないよ。趣味として、続けていけばいいじゃないか。

ななえ 片手間にはやりたくないの。

八木沢 僕と仕事と、どっちが大事なんだ。

ななえ そんなの選べるわけないでしょう?

かずみ 選ばなくちゃいけないこともあるのよ。何かを手に入れたかったら、何かを捨てなくちゃ。

ななえ 姉さんみたいに?

かずみ 私は後悔してないわ。だって、とても幸せだもの。あなたも早く決めなさい。

ななえ まだ諦めたくないんだ。

エミ また夢みたいなこと言って。夢だけじゃ食べていけませんよ。

ななえ 構わない。

開 嘘だよ。ななえちゃんは嘘をついてる。

ななえ　あんたに何がわかるの？
磐梯　偉そうなこと言わないでください。自分の気持ちもわからないくせに。
ななえ　ちょっと待ってよ。
高柴　ななえさんは責任感が強すぎるんだよ。何から何まで、一人でやろうとして。
ななえ　でも、これは私が選んだことだから。
高柴　俺じゃダメかな。俺じゃ、ななえさんの役に立てないかな。
ななえ　ありがとう。でも、私は一人で大丈夫。
里奈　冷たいんだね。自分のことしか考えてないの？　他人はどうでもいいの？
ななえ　そうじゃない。
里奈　教えてよ。私はどうすればいいの？
ななえ　それを決めるのは私じゃない。自分の道は自分で見つけるしかないんだ。

ななえが歩き出す。それ以外の九人も歩き出す。

2

三月十九日、昼。ななえのスタジオ。
エミ・八木沢がやってくる。八木沢はスーツケースと紙袋を持っている。

エミ さあ、どうぞ。
八木沢 すいませんね、引っ越しの最中にお邪魔しちゃって。
エミ 気にしないでください。荷物はもう運び終わったんです。後は整理するだけで。
八木沢 (見回して)思ったより、広いですね。
エミ でしょう? 私が見つけたんです。広いわりに、家賃が安いんですよ。二年後に取り壊しが決まってるんで。
八木沢 え? じゃ、二年後にはまた引っ越さなくちゃいけないんですか?
エミ それまでにガッポリ稼いで、今度はもっと新しい所に引っ越しますよ。でも、思ったより、優しそうですね。
八木沢 え? この部屋がですか?
エミ 違いますよ、八木沢さんですよ。もっと怖そうな人かと思ってたのに。

八木沢　ななえのヤツ、僕のことをそんなふうに？
エミ　いいえ。いくら聞いても、名前しか教えてくれなくて。だから、勝手に想像してたんです。
八木沢　他人に自慢できるような男じゃないですからね。
エミ　そんなことないですよ。八木沢さん、何か飲みます？
八木沢　じゃ、コーヒーを。
エミ　インスタントでいいですか？　豆を買うのを忘れちゃって。
八木沢　ちょうどよかった。これ、つまらないものですが、本場ブラジルの無農薬コーヒーです。（紙袋を差し出す）

そこへ、高柴がやってくる。段ボール箱を持っている。

高柴　（エミに）あ、おまえ、どこに行ってたんだよ。このクソ忙しい時に。
エミ　そこのコンビニまで、八木沢さんを迎えに。
高柴　八木沢って、まさか、ななえさんの？
八木沢　初めまして、八木沢勉です。（右手を差し出す）
高柴　（八木沢の右手を無視して）初めまして、高柴史郎です。
八木沢　いつもななえがお世話になってます。これ、つまらないものですが、本場ブラジルの無農薬コーヒーです。（紙袋を差し出す）
高柴　失礼ですが、今日はどのようなご用件で。

八木沢　用件てほどでもないんですが、ななえにちょっと話がありまして。
高柴　ななえさんは今、外へ出てるんですよ。帰りは何時になるか、わからないな。
エミ　フィルムを買いに行っただけじゃないですか。（八木沢に）五分もすれば、帰ってきますよ。
八木沢　じゃ、ここで待たせてもらってもいいですか？
エミ　どうぞどうぞ。
高柴　（八木沢に）失礼ですが、ななえさんとはどのようなご関係で。
エミ　そんなの、決まってるじゃないですか。（八木沢に）ねえ？
八木沢　（高柴に）そうやって聞かれると、何だか照れ臭いなあ。一応、お付き合いをさせてもらってます。
高柴　いつから。
八木沢　えーと、三年ぐらい前からかな。
高柴　俺がななえさんと付き合い始めたのは、五年前です。
エミ　それは、会社の先輩後輩としてでしょう？
高柴　しかし、俺は五年前からななえさんを知ってる。（八木沢に）あなたの知らないななえさんを。
八木沢　いや、僕がななえと初めて会ったのは、もっと前なんです。僕は大学時代、ワンダーフォーゲル部にいたんですが、二年の時にななえが入部してきまして。
エミ　それって、何年前ですか？

八木沢　十二年前。僕が二十で、ななえが十八の時です。

エミ　(高柴に) 八木沢さんの勝ちですね。

高柴　(八木沢に) 失礼ですが、お仕事は何を?

八木沢　海運業です。港から港へ、船で荷物を運ぶんです。

エミ　カッコいい。海の男ってやつですね?

八木沢　いや、僕は営業ですから、船には乗りません。飛行機で移動して、仕事を取ったり、積み卸しの手配をしたり。

エミ　じゃ、外国には何度も?

高柴　(八木沢に) 俺は二十から二年間、ニューヨークに留学してました。

エミ　(八木沢に) 大学を中退して、絵を勉強しに行ったんですよ。結局、挫折して、カメラマンになったんですけど。

高柴　八木沢さんは、ニューヨークへは?

八木沢　残念ながら、まだ一度も。

高柴　そうですか。行ったことないんですか。

エミ　でも、八木沢さんは昨日まで、ブラジルに行ってたんですよ。(八木沢に) ねえ?

八木沢　リオデジャネイロに一カ月ほど。リオにはお得意様がいらっしゃるんで、毎年行ってます。

エミ　じゃ、ブラジル語はペラペラ?

八木沢　いや、ブラジル語というのはありません。ブラジル人はポルトガル語をしゃべるんです。でも、取引は英語なんで。

エミ　じゃ、英語はペラペラ？
八木沢　まあ、日常会話だったら。
エミ　カッコいい。高柴さんは？
高柴　遅いなあ、ななえさん。
エミ　まさか、しゃべれないんですか？　ニューヨークに二年も行ってたのに？
高柴　（八木沢に）失礼ですが、収入はどれぐらいで？
八木沢　ちょっと待ってください。あなた、さっきから、質問ばかりしてますね。どうしてですか？
エミ　高柴さんは、八木沢さんにとっても興味があるんですよ。
八木沢　ちょっと待ってください。僕にはななえという、歴とした恋人がいるんです。それに、僕は男の人には興味がない。
高柴　俺だってありませんよ。
八木沢　でも、今——

そこへ、ななえがやってくる。カメラ店の袋を持っている。

ななえ　ただいま。
エミ　ななえさん、お客様がお待ちですよ。
ななえ　八木沢さん。いつ帰ってきたの？

八木沢　二時間前に成田に着いた。そのまま、まっすぐここに来たんだ。
ななえ　会社は？　報告に行かなくていいの？
八木沢　報告なんか明日でいい。僕は一刻も早く、君に会いたかったんだ。これ、つまらないものだけど、本場ブラジルの無農薬コーヒー。（紙袋を差し出す）
ななえ　こんなものを渡すために、わざわざ？
八木沢　そうじゃない。昨日、メールに書いただろう。帰ったら、すぐに話をしようって。
エミ　（ななえに）じゃ、私たちは奥を片付けてきます。高柴さん。
高柴　（ななえに）悪いけど、さっさと済ましてくれよ。今日中に終わらないと、仕事にならないから。
ななえ　八木沢さん、今、ちょっと忙しいんだ。話はまた今度にしてくれない？
八木沢　僕は地球の裏側から、二十時間もかけて帰ってきたんだぞ。せめて五分ぐらいは話をしてくれてもいいだろう。
エミ　（ななえに）いいんじゃないですか、五分ぐらい。
八木沢　ありがとう。（ななえに）もう一度、初めから確認しよう。僕がリオに行ったのは一カ月前、二月十九日だ。その次の日に、君は檜原さんのスタジオを辞めた。さらに次の日に、高柴さんとエミさんも辞めた。そして、三人でこの部屋を借りることにした。それで間違いないね？
エミ　間違いないです。
八木沢　（ななえに）八年も勤めたスタジオを、なぜ急に辞めたんだ。

エミ　それは……。
八木沢　（ななえに）本当のことを言ってくれ。君たちはずっと前から辞めるつもりだったんだろう？　僕がリオに行く前から、決めてたんだろう？
高柴　それは誤解ですよ。確かに俺は辞めるつもりだったけど、ななえさんは違う。彼女が辞めたのは、本当に突然だったんです。
八木沢　（ななえに）じゃ、どうして。
ななえ　説明すると長くなる。やっぱり、話は今度にしよう。
八木沢　ダメだ。まだ三分残ってる。

そこへ、小名浜がやってくる。カバンを持っている。

小名浜　こんにちは。
エミ　あ、小名浜さん。いらっしゃい。
小名浜　（周りを見て）へえ、大分、スタジオらしくなってきたじゃない。
高柴　まだまだ。荷物の整理が全然終わってない。突然のお客様がいらっしゃったから。
小名浜　（八木沢を見て）そちらの方は？
ななえ　この人は私の友達の八木沢さん。（八木沢に）この人は編集者の小名浜さん。
八木沢　（小名浜に）初めまして。
小名浜　どうも。（雑誌を差し出して）ななえさん、ついさっき、五月号が刷り上がったんですよ。

見ます？

エミ　ななえさんの写真が載ってるヤツですね？　見たい見たい。

小名浜が雑誌を開く。その周りに、ななえ・高柴・エミが集まる。

八木沢　ななえ。

四人は気づかない。雑誌を見ながら、ああだこうだ言っている。

八木沢　ななえ。

四人は気づかない。雑誌を見ながら、ああだこうだ言っている。

八木沢　（雑誌を覗き込んで）へえ、なかなかかわいい子だね。新人？

ななえ　八木沢さん、まだいたの？

八木沢　当たり前じゃないか。まだ一分残ってる。

ななえ　私は今、仕事がしたいの。お願いだから、話は今度にして。

八木沢　そうか。それが君の答えなのか。

ななえ　答えって？

八木沢　僕と結婚するつもりはない。そうなんだろう？
エミ　結婚？
八木沢　（ななえに）約束したはずだ。僕が帰ってきたら、返事をするって。
ななえ　それは、八木沢さんが勝手に――
八木沢　ごまかしても、無駄だ。君は最初から結婚なんか考えてなかった。仕事を辞める気もなかった。僕よりも仕事を選んだんだ。
ななえ　勝手に決めつけないでよ。これ以上、あなたの相手をしてる暇はないの。悪いけど、帰ってくれない？
八木沢　わかったよ。

八木沢が去る。

小名浜　（ななえに）いいんですか、放っておいて。
ななえ　いいんだ。気にしないで。
小名浜　でも、あの人、泣きそうでしたよ。
高柴　放っとけ放っとけ。ななえさんはあいつのプロポーズを断ったんだ。もう赤の他人だ。
エミ　高柴さんの思い通りの展開になってきましたね。
ななえ　え？
高柴　何でもない。ななえさん、喉は乾いてないか？　俺、コーヒーをいれてくるよ。

エミ　でも、豆がないですよ。
高柴　バカ。あいつが持ってきたやつがあるだろう。本場ブラジルの無農薬コーヒー。
エミ　あれは八木沢さんが持って帰っちゃいました。
高柴　あの野郎。

高柴・エミ・小名浜が去る。

3

三月十九日、夜。ななえのマンション。
里奈・開がやってくる。里奈は旅行カバンを、開はリュックサックを持っている。

里奈　ななえちゃん、入ってもいい？
ななえ　ああ、どうぞ。
里奈　お邪魔します。
ななえ　荷物はその辺に置いて、座って。
里奈　はい。ほら、開。

里奈・開が椅子に座る。ななえも座る。

ななえ　ねえ、里奈。来ちゃったものはしょうがないけど、これからは先に電話して。留守だってこともあるんだから。
里奈　今度からそうする。ごめんなさい。

ななえ　で？
里奈　え？
ななえ　「え？」じゃないでしょう。何か用事があるんじゃないの？
里奈　用事がなかったら、来ちゃいけないの？　叔母さんの家なのに？
ななえ　はぐらかすんじゃない。今まであんたたちがここに来たことある？
里奈　ないけど。
ななえ　しかも、夜の九時にそんなに大きな荷物を持って。これで何もなかったら、変じゃないか。
里奈　そんなに怒らないでよ。これから説明するから。
ななえ　手短に頼む。
里奈　昨夜、お父さんが入院したの。
ななえ　それで？
里奈　「それで」って何よ。普通は、「どうして」とか「大変ね」とか言わない？
ななえ　いいから続けて。
里奈　階段から落ちて、足の骨が折れちゃったんだ。右の大腿骨。頭も少し打ったから、念のために精密検査をするって。でも、大したことはないと思う。目眩も吐き気もしないみたいだから。
ななえ　どうして階段から？
里奈　会社の人と飲みに行って、ちょっと酔っ払ってたみたい。お母さんたら大騒ぎしちゃって、昨夜は病院に泊まったんだよ。「ウチは完全看護ですから、付き添いは必要ありません」

て言われたのに。

ななえ　あの人たち、仲がいいもんね。

里奈　それで、お母さんがね、しばらく、ななえちゃんの所に泊めてもらえって。

ななえ　ここに？

里奈　お父さんの具合がはっきりするまで。ダメかな？

ななえ　ダメって言うか、どうしてここなの？　あんたたちの学校、八王子でしょう？

里奈　もう春休みだよ。それに、私たち、明日からお茶の水の予備校に通うんだ。だから、阿佐ヶ谷の方が便利なの。

ななえ　あんたたち、何年生だっけ？

里奈　私は今度、高校三年。開は高校一年。

ななえ　じゃ、開は受験が終わったばっかりか。それで、もう予備校？

里奈　だって、この子、成績がよくないから。

開　(里奈をにらむ)

里奈　悪くはないけど、私よりは下でしょう？

ななえ　でもさ、もう小学生じゃないんだから、自分の面倒は自分で見られるでしょう？　他人の家より、自分の家にいた方が気楽だろうし。

里奈　他人じゃなくて、叔母さんだもの。

ななえ　いちいち、人の揚げ足を取るな。怒るよ。

里奈　(カバンから封筒を出して) そうだ。これ、お母さんが渡せって。

ななえ　（受け取って）手紙？　こんなものを書くぐらいなら、電話すればいいのに。（封筒の中から便箋を出し、広げて読む）

里奈　何回もしたけど、留守だったって。ななえちゃん、いつもこんな時間に帰ってくるの？　仕事？　それとも、デート？

ななえ　これだけ？　「よろしく」としか書いてないじゃない。

里奈　忙しくて、詳しく書いてる暇がなかったのよ。私は家に残って家事を手伝うって言ったんだよ。でも、「あんたたちは勉強に専念しなさい」って。ななえちゃんもよく知ってるでしょう？　お母さんが教育熱心だってこと。

ななえ　あんたたちが生まれる前からそうだったよ。でも――

里奈　せめて一週間。ううん、二、三日で構わないから、泊めてください。お願いします。（頭を下げる）開、あんたも頼みなさい。

開　（頭を下げる）

ななえ　（立ち上がる）

里奈　どこに行くの？

ななえ　電話するんだよ、姉さんに。

開　どうして？

ななえ　決まってるでしょう？　あんたの言ったことが本当かどうか、確かめるんだ。

里奈　私を疑うの？　その手紙は？

ななえ　あんたなら、姉さんの字を真似することぐらいできる。

里奈　ひどい。
ななえ　（封筒を示して）これが本当に姉さんの字なら、電話しても構わないはずだ。違う？
里奈　どうぞ、ご自由に。でも、お母さん、今夜も病院に泊まるって言ってたよ。
ななえ　じゃ、今は留守ってこと？
里奈　だから、電話しても無駄なの。
ななえ　無駄じゃない。少なくとも、留守かどうかはわかる。

ななえが電話をかける。開が里奈を見る。里奈が頷く。

ななえ　……姉さん？　私。……うん。……元気だよ。実は、ここに里奈と開が来てるんだけどね。……え？　……お義兄さん、本当に入院してるの？　……そう。で、具合は。……よかった。……うん。……里奈は二、三日って言ってるけど。……わかった。……仕方ないよ。……じゃ。

ななえが電話を切る。椅子に座って、封筒をテーブルの上に置く。

里奈　お母さん、何だって？
ななえ　「よろしく」だって。
里奈　ほらね？

ななえ　疑ったことは謝るよ。でも、こっちにも事情があるんだ。
里奈　事情って？
ななえ　私は一カ月前に会社を辞めた。
里奈　どうして？
ななえ　詳しく説明してると、夜が明ける。とにかく辞めたんだ。で、一緒に辞めた仲間と部屋を借りた。スタジオ兼事務所。
里奈　新しい会社を作るの？
ななえ　そうじゃない。みんなフリーだけど、拠点になる場所があった方が便利だから。今日が引っ越しで、明日が仕事始め。とてもじゃないけど、あんたたちの世話をしてる暇はない。
里奈　私たちのことは気にしなくていいよ。食事も洗濯も自分たちでやるから。何なら、ななえちゃんの分も。
ななえ　自分のことは自分でやるからいい。その代わり、あんたたちもそうしてほしい。ここにあるものは、自由に使っていいから。
里奈　つまり、ここにいてもいいってこと？
ななえ　ただし、条件がある。私の仕事の邪魔はしないこと。私も、あんたたちの勉強の邪魔はしないから。約束できる？
里奈　わかった。約束する。
ななえ　（開に）あんたは。
開　（頷く）

ななえ　ちゃんと答えなさい。
開　わかりました。
ななえ　それから――
里奈　まだあるの？
ななえ　黙って聞く。私は就職と同時に家を出た。それからずっと一人で生活してきたんだ。だから、いきなり来られても、自分のやり方を変えるわけにはいかない。たとえ親戚だろうと、私には他人と同じ。だから、あんたたちも私を他人だと思ってほしい。血が繋がってるっていうだけで、甘えるのはなし。
里奈　まさか、宿泊代を払えとまでは言わないよね？
ななえ　払えるの？
里奈　一日百円までだったら、何とか。
ななえ　だったら、タダでいい。今、言ったことさえ忘れなければ。
里奈　ありがとう、ななえちゃん。開もお礼を言って。
開　（ななえに）ありがとう。
ななえ　あんたたちは奥の部屋を使って。同じ部屋がイヤなら、どっちか一人は台所ってことになる。
里奈　一緒でいいよ。（開に）ねえ？
開　（頷く）
ななえ　じゃ、片付けてくるから。

里奈 お世話になります。
ななえ 言っただろう。世話はしない。
開 ななえちゃん。
ななえ 何？
開 玄関にあったベンジャミン。たまには日の当たる所に出した方がいいよ。
ななえ わかった。

ななえが去る。

里奈 余計なことを言うんじゃないの。
開 でも、枯れかかってたんだ。
里奈 どう？　私の計画通りになったでしょう？
開 うん。（テーブルの上の封筒を取って）でも、これは必要なかったよ。
里奈 あんなに簡単にバレるとはね。いいアイディアだと思ったんだけどなあ。
開 策士、策に溺れる。
里奈 私は溺れてないよ。結局、泊めてもらえることになったんだから。
開 でも、ななえちゃんは二、三日だと思ってる。
里奈 明日から、頑張って、ご機嫌を取らなくちゃ。あんたも、もう少し愛想よくしなさいよ。ななえちゃんに嫌われたら、おしまいなんだから。

開　大丈夫だよ。
里奈　何言ってるのよ。ななえちゃん、ずっと怖い顔をしてたじゃない。
開　ああいう顔なんだよ。本気で怒ってたわけじゃない。
里奈　だったら、いいけど。そうだ。あんた、ななえちゃんのお手伝いをしてきて。いい子だってこと、アピールするのよ。
開　姉さんは？
里奈　私はいいの。十分いい子だから。

開が旅行カバンとリュックサックを持って去る。

4

三月二十日、夕。ななえのスタジオ。
高柴がやってくる。マグカップを二つ持っている。

高柴　里奈ちゃん、お待たせ。コーヒー、紅茶、どっちにする?
里奈　私はコーヒーがいいです。
高柴　ごめん、今、紅茶しかないんだ。(マグカップを差し出す)
里奈　(受け取って)じゃ、紅茶でもいいです。いただきます。
高柴　それで、ななえさんの部屋の住み心地はどう?　快適?
里奈　さあ。まだ一晩泊まっただけですから。
高柴　そりゃそうだ。昨夜は食事は?　ななえさん、何か作ってくれた?
里奈　いいえ。私たち、食べてから行ったんで。
高柴　じゃ、今朝は?
里奈　あの、どうしてななえちゃんのこと、聞くんですか?
高柴　それはその、仕事仲間として、興味があるからさ。彼女、口が重いだろう?　もう五年も

里奈　一緒にいるのに、何も話してくれないんだ。
高柴　そうですか。じゃ、高柴さんだけにはななえちゃんの本当の姿を教えてあげましょう。ななえちゃんは外では男っぽく振る舞ってるけど、家では全然違うんです。
里奈　本当か？
高柴　昨夜行った時は、ちょうどご飯を食べてるところでした。メニューは焼き魚と煮物とお漬け物。
里奈　お袋の味だ。
高柴　私たちには紅茶とスコーンを出してくれて。
里奈　一転して、イギリスのお母さんだ。
高柴　それから、片付けをして、お風呂に入って、出てきた時はネグリジェ姿。
高柴　色は？　色は何色だ？

そこへ、エミがやってくる。マグカップ・シュガーポット・ミルクポットを載せたトレーを持っている。

エミ　高柴さん、お砂糖とミルク、入れなくていいんですか？
高柴　横から口を挟むな。（里奈に）で、色は？
里奈　ピンクです。私が言ったこと、ななえちゃんには黙っててくださいね。
エミ　ピンクって、何が？

高柴　何でもない。（飲んで）フフフ。

エミ　里奈ちゃん、この人の言うこと、あんまり信じない方がいいよ。こう見えて、意外とスケベなんだから。

里奈　それは、ついさっきわかりました。

エミ　嘘。あなた、この人に何かされたの？

高柴　バカ。ちょっと話をしてただけだ。（里奈に）で、さっきの続きなんだけど。

里奈　あの、今度は私が質問してもいいですか？

高柴　いいよいいよ。何でも聞いて。

里奈　フリーのカメラマンて、どうやって仕事を見つけるんですか？

高柴　いろんな方法があるけど、まずはコネだな。知り合いに片っ端から声をかけるんだ。

里奈　今はどんな仕事を？

高柴　今日は結婚式場のパンフの写真を撮ってきた。そこの広報課に、高校の同級生がいるんで。

エミ　（里奈に）私は、劇団をやってる友達に頼まれて、チラシの写真を。でも、ギャラはもらえなかった。

高柴　仕方ないだろう。おまえはまだ半人前なんだから。

里奈　ななえちゃんは？

エミ　今日は一日、ここにいたんじゃないかな。

高柴　（里奈に）俺は前からフリーになるつもりだったから、コネを作ってあった。でも、ななえさんは突然だったから。

エミ　（里奈に）今も、売り込みに持っていく写真を現像してるんだ。
里奈　じゃ、今は収入がないってことですか？
エミ　私とななえさんはね。
里奈　でも、それっておかしくないですか？　独立っていうのは、一人でやっていけるって目途がついてからするものでしょう？
高柴　そんなことはない。カメラマンの中には、最初からフリーってヤツもいる。そいつにとっては、食える食えないは関係ない。大切なのは、自分の撮りたい写真を撮ることなんだから。君もカメラマンになりたいなら、金を儲けようなんて気持ちは捨てることだ。
エミ　へえ。里奈ちゃん、カメラマンになりたいんだ。
里奈　いいえ。
高柴　え？　違うの？　いろいろ聞くから、俺はてっきり。

そこへ、ななえがやってくる。

ななえ　高柴君、暗室、空いたよ。
高柴　ピンクか。
ななえ　え？
高柴　何でもない。さあ、仕事仕事。
里奈　ななえちゃん、高柴さんに紅茶をご馳走になっちゃった。

ななえ　待たせて悪かったね。で、私に何か用？

里奈　別に。ちょっと寄ってみただけ。仕事はもうおしまい？

ななえ　まだまだ。これから出かけなくちゃいけないし、帰りは遅くなると思う。

里奈　もしかして、売り込み？

ななえ　誰に聞いたんだ、そんな言葉。

エミ　（高柴を指す）

高柴　俺じゃない。

ななえ　余計なこと教えないでよ。（里奈に）三人で飲みに行くんだ。今日が仕事始めだから、そのお祝いってことで。

そこへ、檜原がやってくる。紙袋を持っている。

檜原　よう。元気か、おまえら。

エミ　檜原さん。

檜原　何だよ、幽霊でも見たような顔をして。まあ、このビルなら、幽霊が出てもおかしくないか。（見回して）しかし、よく借りる気になったな、こんな小汚い部屋。

エミ　確かに、ちょっと古いけど、とっても安いんです。

檜原　（里奈を見て）誰、この子。新しいモデル？

ななえ　違います。私の姪です。

檜原　なかなか可愛いじゃないか。（里奈に）モデルになりたかったら、いつでも言ってくれ。こいつらに頼んでも無駄だぞ。どうせロクな仕事はしてないんだから。

里奈　私、モデルに興味はありません。

ななえ　ちょっと、里奈。

檜原　里奈ちゃんていうのか。いい名前だな。気が強そうなところは、ななえにそっくりだ。

高柴　失礼ですが、今日はどのようなご用件で。

檜原　ほら、引っ越し祝いだ。（紙袋を差し出して）最高級のモン・ラッシェだぞ。おまえらには滅多に飲めないだろうと思ってな。

エミ　あの、誰に聞いたんですか？

檜原　何を。

エミ　ここですよ。私たちがここで仕事を始めたってこと。

ななえ　私が知らせたんだ。

エミ　え？

ななえ　三人で作った挨拶状、あれを檜原さんにも出したんだよ。隠れてこそこそ始めたって、思われたくないから。

檜原　驚いたぞ。おまえらが一緒にやるなんて。辞める時は、そんなこと言ってなかったのに。

高柴　すいません。そのうち報告しようとは思ってたんですが。

檜原　本当か？　おまえ、ニューヨークに行くつもりだとか言ってなかったっけ？

高柴　それは嘘じゃありません。チャンスがあったら、いつでも行くつもりです。

檜原　チャンスは自分で作るんだよ。いつも俺が言ってるだろう。
高柴　はい。
檜原　エミ。おまえは田舎に帰るんじゃなかったのか？
エミ　そういう可能性もあるって言っただけです。でも、ななえさんたちに誘われたから。
檜原　相変わらずだな。もっと主体性を持て、主体性を。
エミ　（小声で）余計なお世話。
檜原　何か言ったか？
エミ　いいえ、別に。
檜原　（見回して）それにしても、貧弱な設備だな。これじゃ、スタジオとは呼べないだろう。
ななえ　まだ引っ越したばかりなんで。
檜原　なぜ俺に相談しないんだ。ウチで余ってる機材、いくらでも回してやったのに。
ななえ　檜原さんに迷惑をかけたくなかったんです。
檜原　だったら、辞めるなよ。
ななえ　……。
檜原　冗談だよ、冗談。まあ、せいぜい頑張れ。ただし、仕事はきちんとやれよ。弟子のおまえらが妙な仕事したら、俺の評判が落ちる。辞めた後まで、迷惑はかけないでくれ。
高柴　それは大丈夫です。もう、弟子でも何でもないですから。
檜原　どういう意味だ。
高柴　檜原さんには感謝してます。レフ板の持ち方さえ知らなかった俺を、一から鍛えてくれたんだから。でも、もう関係ない。俺は俺のやりたいようにやります。檜原さんの指図は受けません。

檜原 俺とは縁を切るってことか？

高柴 そう思ってもらって構いません。

檜原 それがおまえらの本音か。どうなんだ、ななえ。

ななえ 今までありがとうございました。これからは私たちだけでやっていきます。

檜原 そうか。やっぱり、おまえが仕組んだのか。

ななえ 仕組んだって？

檜原 しらばっくれるな。おまえがこいつらを誘ったんだろう。一緒にやろうって。

ななえ 違います。

檜原 いや、違わない。三人いっぺんに辞めれば、俺が困ると思ったんだ。「戻ってきてくれ」って、頭を下げると。

高柴 いい加減にしろよ。

ななえ 高柴君。

高柴 (檜原に) 俺たちはあんたの下で働くのがイヤになった。それだけなんだ。

檜原 おまえもか、ななえ。

ななえ ……。

檜原 よし、おまえらとの付き合いはここまでだ。売り込みの時に、俺の名前を出すなよ。出したら、二度と仕事はできないと思え。

檜原が去る。

エミ　あーあ。怒らせちゃった。
高柴　バカ。おまえだって「顔も見たくない」って言ってたじゃないか。
エミ　でも、本人の前で言っちゃダメですよ。檜原さんの所にいたってこと、精一杯利用してやろうと思ってたのに。
高柴　（ななえに）ちょっと言い過ぎだったかな？
ななえ　仕方ないよ。檜原さんは最初から喧嘩する気で来たんだから。
エミ　ななえさんが挨拶状なんか出すから。
高柴　あの中に、「お近くにお出での際は、ぜひお立ち寄りください」って書いてあったよな？
ななえ　あれがまずかったんじゃないか？
エミ　でも、まさか、本当にお立ち寄りになるなんて。
　やっぱり変わってますよね。（里奈に）あの人、いつもああなの。口が悪くて、自信過剰で、要するにワガママなのよ。
里奈　じゃ、これで終わりになるかどうかはわかりませんね。
エミ　どういうこと？
里奈　そういう人が本気で怒ったら、後が怖いってことですよ。
エミ　イヤだ。そんなこと言わないでよ。眠れなくなっちゃう。

里奈　大変なんですね、独立って。
高柴　クソー。気分直しに、最高級のモン・ラッシェでも飲むか。あれ？　どこに置いたっけ？
エミ　檜原さんが持って帰っちゃいました。
高柴　あの野郎。

ななえ・エミ・里奈が去る。

5

二月二十日、夜。檜原のスタジオ。
小名浜がやってくる。カバンを持っている。

小名浜　こんばんは。
高柴　あ、いらっしゃい。
小名浜　よかった。まだ帰ってなかったのね。
高柴　明日までの仕事が二つもあって。今夜は徹夜だ。
小名浜　檜原さんは？
高柴　ななえさんと二人でロケに行った。ＣＭのポスターの。
小名浜　ちょうどよかった。実は例の件なんだけど。
高柴　見つかったのか？
小名浜　ウチの編集長の知り合いに、倉庫を持ってる人がいてね。四月から、レンタルスペースとして、貸し出すんだって。かなり古い建物らしいけど、個展の会場にはピッタリじゃないかな。（パンフレットを差し出す）

高柴　（受け取って）お台場か。
小名浜　オープニングが波川さんで、今、次の人を探してるのよ。で、高柴君を推薦したってわけ。
高柴　待てよ。波川逆也と俺じゃ、あまりに格が違いすぎるだろう。
小名浜　大丈夫大丈夫。檜原さんのお弟子さんだって言ったら、大喜びだった。
高柴　でも、俺はもう辞めるんだぞ。
小名浜　辞めたって、弟子であることに変わりはないでしょう？　でも、問題は料金なのよね。
　（パンフレットを示す）
高柴　（パンフレットを見て）ダメだ。俺一人じゃ、絶対に払えない。
小名浜　やっぱりね。試しに、ななえさんを誘ってみたら？　向こうには、その可能性もあるって言っておいたのよ。
高柴　それもダメだ。三回誘って、三回断られた。「そんな暇はない」って。
小名浜　本当に？　忙しいのはわかるけど、あの人、まだ一度も個展をやってないじゃない。まさか、このまま一生、アシスタントをやるつもりなのかな。
高柴　さあな。
小名浜　珍しいよね、八年も続くなんて。檜原さんのスタジオって、結構有名なんだよ。アシスタントがいつかないって。
高柴　でも、今、ななえさんがいなくなったら、どうなる。実際に現場を仕切ってるのは、ななえさんなんだぞ。
小名浜　檜原さんのスケジュール管理までやってるんでしょう？

高柴　ななえさんが辞めるって言っても、檜原さんが許さないよ。
小名浜　（高柴の手からパンフレットを取って）じゃ、これはどうするの？　やっぱり、お断りする？
高柴　（小名浜の手からパンフレットを取って）いや、やる。せっかくためた貯金がパーになるけど、俺は男だ。一人でやってやるよ。
小名浜　カッコいい。じゃ、とりあえず、手付金。（手を出す）

そこへ、檜原・ななえがやってくる。ななえは機材を持っている。

檜原　よう。
小名浜　お邪魔してます。
檜原　こんな時間に何の用だ。また新しい企画か？
小名浜　いいえ。今日は高柴君に用がありまして。
檜原　そうか。高柴にもやっと春が来たか。
高柴　違いますよ。俺たちは——
檜原　皆まで言うな。よし、俺が仲人をやってやる。え？　仲人は独身じゃできないって？　バカ。俺を誰だと思ってるんだ。仲人も司会も花嫁の父も、まとめて一人でやってやるよ。
高柴　檜原さん。
檜原　あー、くだらない冗談を言ったら、喉が乾いた。エミ！

そこへ、エミがやってくる。コップを載せたトレーを持っている。

エミ　お帰りなさい。（コップを差し出す）

檜原　（受け取って）相変わらず、早いな。呼ばれるまで、そこで待ってたのか。

エミ　ええ。

高柴　（檜原に雑誌を差し出して）これ、さっき、マシンガンハウスの伏見さんが。

檜原　ああ、そこに置いておけ。（飲む）

エミ　小名浜さん、いつの間に来てたんですか？

小名浜　二、三分前。でも、もう帰る。

エミ　（時計を見て）イヤだ、もう七時か。昨日も十時過ぎまで働いたのに。

ななえ　エミちゃんはもう帰っていいよ。後は私がやるから。

エミ　すいません。小名浜さん、一緒に帰りましょう。

檜原　高柴、これは何だ。

高柴　これって？

檜原　（雑誌を差し出して）この写真だよ。現像したのはおまえだったよな？

高柴　ええ。

檜原　（雑誌を床に叩きつけて）クビだ。すぐにここから出ていけ。

ななえ　檜原さん。

檜原　（高柴に）聞こえなかったのか？　俺は出ていけと言ったんだ。

小名浜　あの、何かあったんですか？
檜原　何かじゃない。高柴は俺の顔に泥を塗ったんだ。
高柴　すいません。俺には何のことだか。
檜原　それをよく見ろ。自分のやったことを。

高柴が雑誌を拾い、開く。ななえ・小名浜が覗き込む。

高柴　これがどうかしたんでしょうか。
檜原　聞いたか、ななえ。こいつはこの程度のヤツなんだよ。
高柴　俺の現像がまずかったんでしょうか。
檜原　他に何があるんだよ。モデルか？　カメラか？　俺の腕か？
高柴　俺は檜原さんの指示通りにやったつもりなんですけど。
檜原　わからないヤツだな。そうなってないって言ってるんだよ。
高柴　すいません。
檜原　おまえ、何年やってるんだ。え？
高柴　五年です。
檜原　五年もやって、これか。今まで何してきたんだ。俺の写真のどこを見てたんだ。こんな写真で、俺の名前が出せると思ってるのか？
高柴　すいません。

檜原　今さら謝っても、遅いんだよ。おまえはクビだ。

ななえ　（高柴に）どうして色校の時点で確認してもらわなかったの？

高柴　あの日は確か、お客さんが来てたんだ。「見てください」って言ったら、「机の上に置いておけ」って。

ななえ　じゃ、檜原さんは色校を見たんですね？

檜原　見てない。

ななえ　だとしたら、高柴君だけを責めるわけにはいかないんじゃないですか？

檜原　その仕事は高柴に任せたんだ。

ななえ　でも、色校だけは檜原さんに確認してもらわないと。

檜原　そうか。おまえは俺が悪いって言いたいのか。確かに、おまえの言う通りかもしれないな。こんなヤツを信用したんだから。

高柴　……。

檜原　おまえ、ナメてたんだろう、この仕事を。ちっぽけなシリーズ物だからって。言われた通りにやれば、それで済むと思ってたんだろう。

高柴　いいえ。

檜原　じゃ、何だ、このザマは。今頃、この写真を見たヤツが言ってるぞ。「檜原雄太ってこんなもんか」って。百人に一人かもしれない。千人に一人かもしれない。だがな、一人にでもそう思われたらおしまいなんだよ。それぐらいの気持ちがなけりゃ、いい写真なんか撮れないんだよ。

高柴　すいません。
檜原　おまえの顔は二度と見たくない。頼むから、辞めてくれ。（行こうとする）
高柴　檜原さん、お願いがあります。
檜原　何だ。
高柴　ここを辞めさせてほしいんです。前から言おうと思ってたんですが、なかなか切り出せなくて。でも、やっと決心がつきました。
檜原　誤解するなよ、高柴。俺は会社を辞めろって言ったんじゃない。写真を辞めろって言ったんだ。
ななえ　檜原さん。
檜原　おまえには才能がないんだよ。（行こうとする）
高柴　待てよ。
檜原　ん？　今、何か言ったか？
高柴　確かに、あんたには才能がある。しかしな、俺が写真をやろうがやるまいが、あんたに口出しする権利はないんだよ。（檜原につかみかかろうとする）
ななえ　（高柴を押し止めて）待って、高柴君。
檜原　（高柴に）何だ。俺を殴ろうっていうのか？　喧嘩だったら、いつでも買ってやるぞ。
ななえ　やめてください、檜原さん。
檜原　おまえは口出しするな。
ななえ　高柴君は、会社にとって、必要な人間です。今の言葉は取り消してください。

檜原　俺は必要ないと言ったんだ。
ななえ　先月も一人辞めたばっかりじゃないですか。これで、高柴君までいなくなったら——
檜原　おまえ、勘違いしてないか？　俺は一人でやっていけるんだよ。
ななえ　……。
檜原　チーフだからって、いい気になるな。何なら、おまえも辞めていいんだぞ。おまえの代わりはいくらでもいるんだからな。
ななえ　わかりました。辞めます。
檜原　何だと？
ななえ　その代わり、高柴君を残してください。お願いします。
檜原　おまえ、本気で言ってるのか？
ななえ　本気です。
檜原　だったら、さっさと出ていけ。

檜原が去る。

小名浜　ななえさん。嘘でしょう、辞めるなんて。
ななえ　冗談で言うわけないよ。
高柴　待てよ。俺をかばってくれるのは嬉しいけど——
ななえ　別に、かばったわけじゃない。

エミ　檜原さんが冷静になるまで様子を見ましょう。そのうち、「飲みに行くか」って言い出しますよ。いつもみたいに。
ななえ　それはないよ。
エミ　どうしてわかるんですか？
ななえ　檜原さんは、今まで一度も「辞めろ」とは言わなかった。
高柴　しょっちゅう言ってるじゃないか。俺だって、前にも言われた。
エミ　私なんか七回もですよ。
ななえ　でも、私には言わなかったんだ。八年間、何があっても。
小名浜　それは、ななえさんが信頼されてるから。
ななえ　そう思って、いい気になってた。檜原さんの片腕になったつもりで。でも、それじゃダメなんだ。やっと気づいたよ。
エミ　じゃ、私も辞めます。ななえさんも高柴さんもいなくなったら、続けていく自信がありません。
高柴　よし、こうなったら、三人いっぺんに辞めてやるか。
ななえ　それはダメだよ。あんたたちまで辞めたら、檜原さんが困る。
高柴　あんなヤツ、どうなったって、構うもんか。
ななえ　私が構うんだよ。檜原さんには本当にお世話になったから。

ななえ・高柴・エミ・小名浜が去る。

6

三月二十四日、夜。ななえのマンション。
薄暗い中に、八木沢がやってくる。カバンと紙袋を持っている。

八木沢　ななえ？　ななえ？

返事はない。八木沢は椅子に座り、頭を抱える。そこへ、開がやってくる。

八木沢　ななえ。
開　（驚く）
八木沢　僕だよ。驚かせてごめん。
開　（逃げようとする）
八木沢　いや、まだ電気は点けないでほしい。どんな顔で話せばいいのか、わからないんだ。この前は、僕が全面的に悪かった。でも、もう一度だけチャンスをくれ。そこに座って、話を聞いてくれ。頼む。

開　（椅子に座る）

八木沢　ありがとう。

そこへ、里奈がやってくる。

八木沢　勝手な男だと思ってるだろうね。でも、これだけは誤解しないでほしい。僕は、君を縛るつもりはない。僕の思い通りにしようなんて、これっぽっちも思ってないんだ。

里奈が去る。

八木沢　実は、君に黙ってたことがある。君にプロポーズする前の晩の話だ。部長に誘われて食事に行ったら、取引先の社長の娘さんがいた。つまり、いきなりお見合いをさせられたんだ。もちろん、すぐに断ったよ。でも、考え直せと言われた。ウチの会社もリストラ流行りだ。どんなに優秀な人間でも、会社の方針に合わなければ辞めてもらうと。僕は思わずカッとなって、こう言ってやったんだ。僕は結婚するんです。今年の六月に、目白の椿山荘で。ついては、仲人をお願いしますって。

里奈が戻ってくる。大きな箒を持っている。

八木沢　怒ったのか？　それとも、呆れて、口もきけなくなったのか？　どうしてずっと黙ってるんだ。君は僕のことをどう思ってるんだ。答えてくれ、ななえ。ななえ。

里奈が箒を八木沢の頭上に振り上げる。と、電気が点く。ななえがやってくる。

八木沢　（開に）おや？　君は誰だ？
ななえ　何やってるの、里奈？
里奈　ななえちゃん、泥棒よ！
八木沢　何、泥棒だと？（開に）そうか、貴様は泥棒だったのか。（里奈に）よし、その箒を貸しなさい。
里奈　何言ってるのよ。泥棒はあんたでしょう？
八木沢　おや、君は誰だ？
里奈　ななえちゃん、一一〇番！
開　違うよ、姉さん。この人は泥棒じゃなくて――
ななえ　ストップ！　みんな、落ち着きなさい。

八木沢・里奈・開が黙る。

ななえ　八木沢さん、どういうことか、説明して。

八木沢　その前に君が説明してくれ。今、そこに座ってたのは、君じゃなかったのか？
開　僕です。
八木沢　貴様は何者だ。
ななえ　この子は私の甥の開、この子はその姉の里奈。（里奈・開に）この人は私の大学の先輩の八木沢さん。
八木沢　それだけ？　僕はもうただの先輩に過ぎなくなったのか？
ななえ　話をややこしくしないで。
開　恋人なんでしょう？　ななえちゃんの。
里奈　そうなの？
開　最近、プロポーズしたらしいよ。でも、ななえちゃんはオーケイしなかったみたいで——
八木沢　頼む。それ以上は言わないでくれ。

チャイムの音。

ななえ　また誰か来た。開、見てきて。

開が去る。

ななえ　何が何だか、全然わからないな。そもそも、八木沢さんはここへ何しに来たの？
八木沢　この前のことを謝ろうと思って。
ななえ　この前のことって？
八木沢　また一から話せって言うのか？　済まないけど、電気を消してくれるかな。

そこへ、かずみ・開がやってくる。

かずみ　こんばんは。
里奈　お母さん、何しに来たの？
かずみ　決まってるでしょう？　あなたたちを迎えに来たのよ。（八木沢を見て）あら、お客様？
ななえ　あ、八木沢さん、この人は私の姉で――
八木沢　（かずみに）初めまして、八木沢です。ななえさんとは、結婚を前提にして、お付き合いさせていただいてます。
かずみ　まあ、そうなの？　いつも妹がお世話になってます。
八木沢　いや、お世話したいとは思ってるんですが、ななえさんは何でも一人でやってしまうんで。
かずみ　この子は昔からそうなんですよ。ななえ、お茶を一杯、飲ませて。タクシーの暖房がきつくて、喉がカラカラなのよ。ほら、里奈も手伝って。

ななえ・里奈が去る。八木沢・かずみは椅子に座る。開は奥の部屋へ行こうとする。

かずみ　開、あなたはここに座ってなさい。
開　かずみ　俺はいいよ。
かずみ　久しぶりに会ったのに、愛想が悪いんだから。八木沢さん、よかったら、お名刺をいただけます？
八木沢　あ、はい。（名刺を差し出す）
かずみ　（受け取って）あら、ハリマ汽船なの？　ウチの主人はハリマ証券なのよ。
八木沢　系列会社じゃないですか。海運と証券じゃ、何の接点もないけど。
かずみ　それで、お式はいつ頃に？
八木沢　今のところ、未定です。彼女の仕事の都合があるんで。
かずみ　でも、そろそろ急いだ方がいいんじゃない？　ななえももう三十だし。
八木沢　僕も同じことを言ってるんですが。
かずみ　ひょっとして、もう一緒に住んでるの？
八木沢　いえいえ。週末だけ、通ってるんです。僕は横須賀の寮に住んでるんで。
かずみ　そうなの。でも、ちょっと安心したわ。あなたみたいな立派な方がいるなんて。ななえがお見合いを嫌がる理由が、やっとわかった。
八木沢　お見合い？
かずみ　大丈夫よ、一度もしてないから。写真さえ見ようとしなかったのよ。

そこへ、ななえ・里奈が、湯呑みを乗せたトレーを持ってやってくる。

ななえ　姉さん、余計な話はしないでよ。

かずみ　はいはい。せっかくの週末なのに、邪魔して、悪かったわね。里奈、荷物を持ってきなさい。

里奈　どうして?

かずみ　だから、帰るのよ。お父さんの具合も落ち着いたし、ななえにいつまでも迷惑をかけられないし。

里奈　急にそんなこと言われても困る。

かずみ　ななえには、二、三日って言ったんでしょう?　もう五日よ。

里奈　私たち、学校が始まるまで、ここにいる。いいでしょう、ななえちゃん?

かずみ　ワガママを言うんじゃないの。さあ、荷物を持ってきて。

里奈　わからないかな。私は帰らないって言ってるの。

ななえ　何よ、その態度は。

里奈　お母さんは私たちのことなんかどうでもいいのよ。あの人さえいれば。

かずみ　そんなわけないでしょう?

里奈　だったら、離婚してよ。今すぐに。

かずみ　里奈。

ななえ　ストップ!　親子喧嘩なら、家でやって。

里奈　ななえちゃん、私たちを助けて。家に帰ったら、あの人に殺される。
かずみ　やめなさい、里奈。
ななえ　(里奈に)今、なんて言った?　あの人って、義兄さんのこと?
里奈　いきなり叩かれたの。私は何もしてないのに。
ななえ　本当なの、姉さん。
かずみ　酔ってたのよ。酔ってなければ、そんなこと……。(泣く)
里奈　すぐに泣くんだから。泣いたって、何の解決にもならないのに。
ななえ　親に向かって、そういう口のきき方はないでしょう。何があったのか、知らないけど
――
里奈　教えてあげるよ。お父さんはアル中になったの。
かずみ　里奈!
ななえ　(里奈に)いつ。
里奈　半年ぐらい前から。職探しにも行かなくなって、一日中、お酒を飲んで。
ななえ　職探しって?
里奈　リストラされたのよ、一年前に。だから、今はお母さんが働いてる。
ななえ　それで?
里奈　何度も「別れて」って言ったよ。三人だけで暮らそうって。でも、お母さんは「そのうち元に戻るから」って。ここに来る前の晩、私はお父さんに言ったんだ。「お酒をやめてくれないなら、この家を出る」って。そしたら、怒って、私を叩いた。止めに入った開も叩

ななえ　いた。二階へ逃げようとしたら、追いかけてきた。それで、足を滑らせて——
開　階段から落ちたのね。
ななえ　姉さんのせいじゃない。あいつが悪いんだ。
里奈　でも、最初の話は全部デタラメだったわけだ。
ななえ　嘘をついてごめんなさい。話しても、信じてもらえないと思ったから。
里奈　で、これからどうするつもりなの。家を出て、どうやって食べていくの。
かずみ　高校を辞めて、働く。
ななえ　そんなこと、できるわけないでしょう？
里奈　開も辞めるの？　まだ入学式もやってないのに。
八木沢　開は大学まで行かせる。私だって、お金に余裕ができたら、検定を受けて、大学に行く。
里奈　それはちょっと難しいんじゃないかな。
八木沢　そんなことない。
里奈　君だけならともかく、開君の面倒まで見るのは無理だよ。
ななえ　私の計画なら、ちっとも無理じゃない。
里奈　計画って？
　一日をフル活用すればいいの。時給の高いバイトをかけもちして。もう、いくつか目星はつけてあるんだ。明日、面接に行くつもり。
ななえ　予備校は？
里奈　ごめんなさい。それも嘘なの。本当はバイトを探してた。開は部屋を。部屋が見つかったら、すぐに出ていくから。

ななえ　ここに来たのも、計画の一部ってわけか。

里奈　あと一週間。ううん、二、三日で構わないから、ここに置いて。お願い。

八木沢　アパートを借りるには、保証人が必要なんだよ。

里奈　それは、ななえちゃんに頼もうと思ってた。

八木沢　結局、ななえの世話にならなければ、何もできないんじゃないか。悪いことは言わないから、家に帰って、頭を冷やしなさい。

かずみ　(里奈に) お父さんは反省してる。本当よ。

里奈　今さら反省しても遅いのよ。私はもう決めたんだから。

八木沢　どうしても?

里奈　どうしても。お願い、ななえちゃん。私、あの家には帰りたくない。もう叩かれるのはイヤ。あんな怖い思いは二度としたくないの。

ななえ　わかった。

かずみ　ななえ。

ななえ　(里奈に) ただし、条件がある。あんたたちだけでやっていけるって証拠を、私に見せて。

八木沢　どうやって?

ななえ　(里奈に) ここで一カ月、暮らすのよ。もちろん、明日からは家賃と食費を入れてもらう。お金はウチのスタジオで働いて、稼ぎなさい。

里奈　時給はいくら?

ななえ　それは、あんたの仕事ぶりを見てから、決める。
開　俺は？
ななえ　あんたは、愛想が悪いから、不採用。ここで家事をやりなさい。これなら、姉さんも文句ないでしょう？
かずみ　でも、学校は？
ななえ　（里奈に）始業式はいつ？
里奈　四月九日。
ななえ　まだ二週間もあるじゃない。すぐ音を上げるように、扱き使ってやるよ。
里奈　バカにしないで。私、覚悟はできてるんだから。
ななえ　どう、姉さん。私に任せてくれる？
かずみ　でも、これ以上、迷惑はかけられないわ。
ななえ　私のことは気にしなくていいよ。苦しむのはこの二人なんだから。
かずみ　（里奈に）ななえが無理だって判断したら、すぐに帰ってくるのよ。
里奈　帰らないよ。絶対に。
かずみ　（ななえに）じゃ、また電話するわね。
ななえ　（里奈・開に）せめて玄関まで送ったら？
里奈　（かずみに）さよなら、お母さん。

かずみが去る。

ななえ　八木沢さん、ビールでも飲む？
八木沢　え？　じゃ、一杯だけ。
ななえ　遠慮しないで、もっと飲めば？　話があるんでしょう？
八木沢　ああ。じゃ、コーヒーにしておこう。なるべく冷静に話したいから。
里奈　今夜はお泊まりですか？
ななえ　話をするだけだよ。（八木沢に）ね？
八木沢　コーヒーは僕がいれるよ。本場ブラジルの無農薬コーヒー。
ななえ　それ、飲んでみたかったんだ。（里奈・開に）あんたたちはもう寝なさい。

ななえ・八木沢が去る。

開　父さんと同じ色だったよ。
里奈　誰が？
開　母さんだよ。姉さんが「さよなら」って言った時。
里奈　そう。

開が去る。

7

三月二十六日、昼。ななえのスタジオ。
エミがやってくる。箱を持っている。

エミ　里奈ちゃん、ちょっと手伝ってくれる？
里奈　はい、何ですか？
エミ　（箱からフィルムを出して）フィルムをパトローネから出したいんだ。
里奈　パトローネ？
エミ　この金属の入れ物の名前。アメリカではマガジン、イギリスではカートリッジって言うんだけどね。撮影が済んだら、まずフィルムをパトローネから出して、リールに巻き取るの。それから現像するわけ。
里奈　（フィルムを持って）ちゃんと名前があるんですね。知らなかった。
エミ　無理に覚えることないよ。カメラマンになるわけじゃないんだし。
里奈　でも、仕事ですから。よかったら、現像のやり方も教えてください。
エミ　ちなみに、時給はいくらなの？　ななえさんが出すんだよね？

里奈　私の働きぶりを見てから決めるそうです。
エミ　ふーん。ななえさん、そんな余裕がよくあるなあ。私なんか、ここの維持費も出せそうにないのに。まあ、貯金を下ろせば、何とかなるんだけどね。檜原さんの所、お給料だけはよかったから。
里奈　(フィルムを示して) あの、これはどうやって？
エミ　忘れてた。(箱からピッカーを二個出して) これがピッカー。これでフィルムの端をつまんで、引っ張り出すの。(ピッカーを差し出す)
里奈　(受け取って) どうやって？
エミ　私のやり方を真似してみて。あんまり出しすぎると、フィルムがパーになっちゃうから、気をつけてよ。あれ？ おかしいな。結構、難しいんだよね。コツをつかめば簡単なんだけど——
里奈　できました。これぐらいでいいですか？
エミ　え？ う、うん。まあまあかな。

そこへ、高柴がやってくる。段ボール箱を持っている。

高柴　ただいま。
里奈　あ、お帰りなさい。
エミ　(高柴に) 何ですか、それ？

高柴　仕事だよ、仕事。ブッ撮りの。
里奈　高柴さん、コーヒーが入ってますよ。持ってきましょうか？
高柴　いや、今はいい。（セッティングを始める）
エミ　（里奈に）仕事中は話しかけない方がいいよ。高柴さん、ああ見えて、繊細だから。
里奈　そうなんですか？
エミ　横を歩いただけで怒られるんだよ。「ライトが揺れるだろう」って。光量とか露出とか、いちいち細かく計算して。準備にやたらと時間がかかるの。
高柴　時間をかけるのは当然だ。シャッター・チャンスは一度しかないんだから。
エミ　カッコつけちゃって。計算だけじゃ、いい写真は撮れませんよ。
高柴　ちゃんと計算しないから、おまえの写真はピンぼけばっかりなんだよ。
エミ　反論できない。悔しい。

高柴が段ボール箱から大きなダルマを取り出す。そこへ、ななえがやってくる。ペットボトルに入った水を持っている。

ななえ　高柴君、それ、何？
高柴　ダルマだよ、ダルマ。見ればわかるだろう？
里奈　ななえちゃん、コーヒー飲む？
ななえ　いらない。（ボトルを示して）これがあるから。それから、「飲む」じゃなくて、「飲みま

すか」。ここは仕事場なんだから。（パソコンに向かう）

エミ　そんな堅苦しいこと言わなくても。

里奈　いいんです。それ、やりましょうか？　後は終わりましたから。

エミ　え、もうできたの？　里奈ちゃん、才能あるかもしれない。

ななえ　あんまり甘やかさないで。

電話が鳴る。エミが出ようとするが、里奈に先を越される。

里奈　はい、吾妻・高柴・鳥居スタジオでございます。……いつもお世話になっております。……はい、少々お待ちください。高柴さん、お電話です。（受話器を差し出す）

高柴　後、後。

里奈　でも、急いでるみたいですよ。月刊サンキューグラフの方ですけど。

高柴　サンキューグラフ？　しょうがないな。（受話器を取って）はい、高柴です。

ななえ　（パソコンを見て）あれ？　固まっちゃった。

エミ　またですか？（見る）

里奈　（見て）ああ、フォトショップはメモリを食うんですよね。もうちょっと、アプリの割り当て容量を増やしてみたらどうですか？

エミ　へえ。里奈ちゃん、パソコンも詳しいんだ。

里奈　詳しいってほどじゃありません。たまたま家にあるんで。

エミ　じゃ、ホームページ作りも手伝ってもらおうかな。三人の作品を載せたページを作ってるんだけど、なかなか進まなくて。
里奈　私にできることなら、何でもやります。
高柴　はい。どうも。（受話器を置いて）やった！
ななえ　どうしたの？
高柴　サンキューグラフが俺の写真をグラビアで使いたいって。
エミ　本当に？　すごいじゃないですか。
高柴　里奈ちゃん、ありがとう。君は幸運の女神だ。（握手する）
ななえ　里奈が何をしたっていうのよ。
高柴　バイトに来たその日に、幸運が舞い込んだじゃないか。（里奈に）明日も必ず来てくれよ。幸運とともに。

そこへ、小名浜がやってくる。

小名浜　こんにちは。
高柴　おう、いらっしゃい。（ななえに）俺、打ち合わせに行ってくる。ダルマなんか、後回しだ。
エミ　私も行っていいですか？　そういう打ち合わせ、参加したことがないから。
高柴　いいよ、来いよ。よかったら、ななえさんも。

ななえ　私はいい。二人で行ってきて。
里奈　（高柴・エミに）片付けは私がやっておきますから。
エミ　そう？　悪いね。
高柴　行ってきます。

高柴・エミが去る。

小名浜　高柴君、どうかしたんですか？
ななえ　サンキューグラフから声がかかったんだ。ずいぶん前に写真を送って、もう諦めてたのに。
小名浜　そうですか。
里奈　あの、コーヒーをお持ちしましょうか？
小名浜　あ、お構いなく。すぐに帰りますから。（ななえに）バイトさん？
ななえ　私の姪。ここでしばらく働くことになったんだ。
小名浜　（里奈に）よろしく。中学館の小名浜です。
里奈　白河里奈です。よろしくお願いします。あの、本当にコーヒーはいかがでしょう。せっかくいれたのに、ちっとも減らないんです。
小名浜　じゃ、もらおうかな。
里奈　ななえさんはいらないんですよね？

ななえが頷く。里奈が去る。

小名浜　ところで、あのダルマは？

ななえ　高柴君のモデルさん。たぶん、スーパーか何かのチラシだと思う。じゃ、私たちも打ち合わせをしようか。

小名浜　すいません。ダメになったんです、私の企画。

ななえ　え？　どうして。

小名浜　この前のヤツが、あんまり評判がよくなくて。いえ、ななえさんのせいじゃないんです。私の文章が下手クソだから。今度のヤツも、企画自体は通ったんですけど、他の人がやることになって。本当にごめんなさい。

ななえ　気にしないで。私も力不足だったんだよ。

小名浜　そんなことないです。私はとってもいい写真だと思いました。モデルの子も喜んでたし。

ななえ　そう。

小名浜　で、今度のヤツは、編集長がやることになったんです。写真も、編集長のお気に入りの人に頼んで。もう、私、悔しくて、情けなくて。ななえさんにも申し訳なくて。

ななえ　気持ちはわかるけど、企画自体は認められたわけでしょう？　だったら、次はもっといい企画を立てて、もっといい文章を書いて、編集長を見返してやればいいじゃない。

小名浜　はい。

そこへ、里奈が戻ってくる。マグカップを持っている。

里奈 コーヒー入りましたよ。

小名浜 ありがとう。ななえさん、来週の金曜は暇ですか？

ななえ 暇だよ、きっと。何？

小名浜 ホテル・ニューオーニタでパーティーがあるんですよ。今度、ウチの会社で波川さんの写真集を出すことになったんで、そのお祝いです。よかったら、一緒に行きませんか？

ななえ でも、私、波川さんには会ったことないよ。

小名浜 いいんですよ、そんなの。編集者がいっぱい来ますから、片っ端から紹介します。（封筒を差し出して）これ、招待状です。高柴君とエミちゃんの分も入ってます。

ななえ （受け取って）ありがとう。

小名浜 お礼を言いたいのは、私の方です。ななえさんと話したら、スッキリしました。（コーヒーを一気に飲んで）うん、うまい。ご馳走さまでした。

里奈 お粗末さまでした。

小名浜 （ななえに）それじゃ、また。

小名浜が去る。

里奈 どうですか？　思ったより、有能でしょう？

ななえ　一日や二日じゃわからない。
里奈　ところで、時給の話なんですが、千円ぐらいでいかがでしょう?
ななえ　今のところは百円だね。それ以上は出せない。
里奈　鬼!　悪魔!

里奈がカップを持って去る。

8

三月三十一日、夕。ななえのマンション。
ななえがペットボトルをゴミ箱に捨てる。そこへ、八木沢がやってくる。

八木沢　ダメだよ、そんな所に捨てちゃ。ゴミはちゃんと分別しないと。
ななえ　びっくりした。チャイムぐらい鳴らしてよ。
八木沢　わざわざ？　合鍵を持ってるのに？（鍵を出す）
ななえ　あ、そうだ。その鍵、返してくれる？
八木沢　僕のことが嫌いになったのか？
ななえ　そうじゃなくて、里奈たちに持たせてやりたいんだ。
八木沢　合鍵ぐらい、作ってあげればいいじゃないか。
ななえ　どうせすぐに使わなくなるのに？　そんなの、無駄じゃない。
八木沢　わかった、わかった。（合鍵を差し出す）
ななえ　（受け取って）それと、今度から来る前に電話して。
八木沢　二人の距離がどんどん遠くなっていく。

ななえ　そうじゃなくて、私がいない時に来ても、しょうがないでしょう？
八木沢　そんなことはないよ。ななえが帰ってくるまで、三人で遊んでる。
ななえ　ちなみに、何をして？
八木沢　かくれんぼとかしりとりとか。将来、子供ができた時の予行演習にもなるし。

そこへ、里奈・開がやってくる。

里奈　私、かくれんぼもしりとりも、やりたくありません。
八木沢　びっくりした。いつからそこにいたの？
ななえ　（里奈に）立ち聞きなんて、趣味が悪いよ。
里奈　大声で話してるから、気になったのよ。開に勉強を教えてたのに。
八木沢　それは悪かったね。開君。わからないことがあったら、何でも聞いて。僕は大学時代、家庭教師をやってたから、教えるのは得意なんだ。
開　はい。
八木沢　里奈ちゃん、アルバイトはどう？　仕事には慣れた？
里奈　まだ一週間しか経ってませんから。でも、なかなか楽しいです。昨日、自分で撮った写真を、自分で現像したんですよ。
八木沢　そんなことまでやってるの？
ななえ　どうしても教えてくれって、エミちゃんに頼み込んで。この子、手先だけは器用みたい。

里奈　写真も誉められたよ。（八木沢に）お二人の結婚式の時は、ぜひ撮らせてください。
ななえ　里奈。
八木沢　（里奈に）残念だけど、式はやらないかもしれない。
里奈　どうしてですか？
八木沢　（ななえに）近いうちに、九州に転勤させられそうなんだ。そうなったら、式なんかやってる暇はない。籍だけ入れて、出発しないと。
ななえ　ちょっと待ってよ。私はまだ結婚するなんて——
八木沢　まさか、僕一人で行けって言うのか？　一度転勤したら、三年は帰ってこられない。君に会えるのは、正月だけってことになる。それでもいいのか？
ななえ　よくはないけど。
八木沢　だったら、僕についてきてくれ。頼む。

チャイムの音。

ななえ　里奈、見てきて。
里奈　開、見てきて。
ななえ　私はあんたに頼んだの。ほら、さっさと行く。

里奈が去る。

開　八木沢さん。九州の、どこに行くんですか？
八木沢　えーと、長崎だったかな。
開　いつ。
八木沢　まだ、はっきりしたことは決まってないんだ。でも、どうしてそんなことを聞くの？
開　別に。ちょっと気になったから。

里奈に案内されて、磐梯がやってくる。磐梯は紙袋を持っている。

里奈　開。あんたにお客さんよ。
磐梯　(開に) 久しぶり。
開　あ、磐梯！(椅子の陰に隠れる)
磐梯　(ななえに) 初めまして。開君のクラスメートの、磐梯光代と申します。あなたが開君の叔母様ですか？
ななえ　そうだけど、叔母様って呼び方は勘弁してほしいな。
磐梯　じゃ、叔母さん？　叔母ちゃん？
ななえ　そういう意味で言ったんじゃないだけど。で、開に何の用事？
磐梯　突然お邪魔して、申し訳ありません。開君に、どうしても渡したいものがありまして。
ななえ　そう。開、隠れてないで、出てきなさい。

開　（磐梯に）どうしてここがわかったんだよ。
磐梯　開君のことなら、何でも知ってるんだ。フフフ。
開　やめろよ、気持ち悪い。
里奈　バカね、冗談よ。開君のお母様にお聞きしたの。
磐梯　お母さんに？
里奈　最初はなかなか教えてくださらなかったんです。でも、毎日、お宅に通ったら、十日目にやっと。
磐梯　すごい執念。
開　（開に）お父様、入院したんだって？　だから、卒業式に出られなかったんだって？　どうして一言、言ってくれなかったの？　心配したのよ、私。
八木沢　関係ないだろう、おまえには。
磐梯　ダメだよ、女の子にそんな言い方をしちゃ。
八木沢　（ななえに）あの、こちらの方は。
ななえ　僕は、開君の叔父さんになる予定の――
磐梯　（磐梯に）この人のことは気にしなくていい。で、開に渡したいものって、何？
　手編みのセーターです。（開に紙袋を差し出して）本当は卒業式の日に渡したかったんだけど。
開　いらないよ、そんなもの。
磐梯　どうして？　せっかく心を込めて編んだのに。

開　だから、いらないんだよ。
磐梯　ひどい。どうしてそんな意地悪を言うの？
開　おまえが嫌いだからだ。
ななえ　でも、せっかく持ってきてくれたんだ。受け取ってあげなよ。
開　イヤだ。受け取る理由がない。
磐梯　私にはあるわ。あげる理由が。
開　どんな理由だよ。
八木沢　ダメだよ、女の子にそんなことを言わせちゃ。
磐梯　私、言えますよ。別に、恥ずかしいことじゃないですから。
里奈　わかった。あなた、開のクラスの委員長でしょう？
磐梯　ええ、そうですけど。
里奈　やっぱりね。前に、開に聞いたことがあるんだ。いつも言いたいことを言うから、クラスで浮いてるって。
ななえ　里奈。
磐梯　いいんです、本当のことですから。私、友達が一人もいないんです。でも、全然、気にしてません。だって、私には開君がいるから。開君だけは私の味方なんです。
開　俺は、味方になった覚えはない。
磐梯　じゃ、どうしてあの時、助けに来てくれたの？
開　たまたま通りかかったんだよ。

磐梯　嘘よ。開君は私のことが心配で、追いかけてきたのよ。

ななえ　ごめん。それって、何の話？

磐梯　一カ月前、クラスの女の子たちに呼び出されたんです。それで、一緒に屋上に行ったら、剣道部の男の子が待ってたんです。竹刀をブンブン回しながら、「おまえの根性を叩き直してやる」って。

八木沢　それはいわゆる、ヤキを入れるってヤツだね？

磐梯　ええ。でも、脅かすだけで、本当に叩くつもりはなかったんだと思います。それなのに、私ったら、「やれるもんなら、やってみな」って言っちゃって。そしたら、あいつ、顔を真っ赤にして——

ななえ　襲いかかってきたの？

磐梯　そこへ、開君が来てくれたんです。屋上の扉を「バン！」って開けて、「やめろよ！」って叫んで。パンチ一発で、あいつを倒したんです。その姿はまるで仮面ライダーみたいでした。

八木沢　意外だな。開君が喧嘩するなんて。

磐梯　喧嘩じゃありません。開君は私を悪の手から救い出してくれたんです。

開　わからないヤツだな。たまたま通りかかったんだって、言ってるだろう？

磐梯　それは嘘よ。廊下や校庭ならともかく、屋上なんかに通りかかる？　しかも、あの日は雪が降ってたのよ。

開　久しぶりの雪だったから、一人で雪合戦しようかと思って。

里奈　開、嘘が下手すぎる。
八木沢　（開に）そろそろ認めた方がいいんじゃないかな。
開　何を。
八木沢　君は磐梯さんが好きなんだろう？　だから、屋上に行ったんだろう？
開　全然違うよ。廊下を歩いてたら、磐梯たちが階段を上がっていくのが見えたんだ。それが
何か、やばい雰囲気だったから。
磐梯　ほら、やっぱり助けに来てくれたんじゃない。（包みを差し出して）これはあの時のお礼。
それ以上の意味はないから。受け取るだけ受け取って。
開　……。
ななえ　開。
開　（受け取る）
八木沢　「ありがとう」は？
磐梯　いいんです、受け取ってもらえただけで。それじゃ、お邪魔しました。
ななえ　気をつけてね。
磐梯　開君。高校が違っても、友達でいようね。

磐梯が去る。

八木沢　なあ、開君。君ももう高校生なんだから、女の子には優しくしてあげなくちゃ。君だって、

八木沢　本当は磐梯さんのことが好きなくせに。
開　何回言えば、わかるんだ。俺は本当に嫌いなんだ。
八木沢　嘘つきは泥棒の始まりだよ、開君。
開　よく言うよ。嘘つきはあんたの方じゃないか。
八木沢　え？
開　転勤なんて嘘でしょう？　違いますか？
八木沢　……なぜわかったんだ？
開　何となく。
ななえ　八木沢さん。どうして嘘なんか。
八木沢　君がなかなか答えを出してくれないから。転勤するって言えば、決心してくれるんじゃないかと思って。
ななえ　私を試したの？
八木沢　すまない。でも、僕は一日も早く、結婚したいんだ。
ななえ　違うでしょう？　一日も早く、仕事を辞めさせたいんでしょう？
八木沢　そうじゃない。僕は、結婚よりも仕事を優先するのはおかしいって言ってるんだ。
ななえ　ごめん、帰ってくれる？　これ以上、話しても、喧嘩になるだけだから。
八木沢　そうだな。でも、これだけはわかってほしい。僕が君の立場だったら、迷わずに仕事を辞める。

ななえが去る。

八木沢 開君。一生、恨むからね。

八木沢が去る。

里奈 バカね。何であんなこと言うのよ。
開 だって、狡いじゃないか。嘘をつくなんて。
里奈 呆れた。あんただって、ついさっき、磐梯さんに嘘をついたじゃない。
開 それはそうだけど。
里奈 人間は嘘をつく動物なの。嘘をつかなきゃ、生きていけないの。
開 でも、ななえちゃんは違う。思ったことを、正直に言う。そのななえちゃんを騙そうとしたから、腹が立ったんだ。
里奈 はいはい。（包みを指して）ねえ。これ、開けていい？
開 やめろよ。

里奈が包みを開ける。中から出てきたのは、ハート型の刺繍がついたセーター。

里奈 あらま。

開　返せよ。

開がセーターを奪い取って去る。

9

四月六日、夕。ななえのスタジオ。
里奈が電話をしている。そこへ、高柴がやってくる。スーツを着て、写真を数枚持っている。

里奈　それじゃ。（受話器を置く）
高柴　誰から？
里奈　ななえさんです。仕事が押してるから、先に行っててくれって。
高柴　え？　まだ終わらないのか？　だから、一緒に行こうかって言ったのに。よし、俺、一っ走りして、手伝ってくる。
里奈　その恰好で？
高柴　しまった。着替えるんじゃなかった。
里奈　エミさんもそろそろ帰ってくるでしょうし、ななえさんの言う通りにした方がいいんじゃないですか？
高柴　しかしなあ。
里奈　（写真を見て）それ、私が撮ったんですけど、どうですか？

高柴　え？　これ、里奈ちゃんが撮ったの？　俺はてっきりエミかと。
里奈　現像も自分でやったんです。生まれて初めて。
高柴　構図はなかなかいいと思うよ。ブランコと子供の配置がおもしろいし。
里奈　本当ですか？
高柴　ただ、ちょっと眠いんだよね。
里奈　眠いっていうのは？
高柴　（写真を示して）明るい部分と暗い部分の差が、あんまりないだろう？　全体的にベターッとしてて。こういう写真を「眠い」って言うんだ。
里奈　エミさんに言われた通りにやってみたんですけど。
高柴　貶してるわけじゃないよ。ただ、黒い部分をもう少し締めると、メリハリがついて、もっとよくなる。印画紙の号数を上げるとか、黒くしたい所だけ露光を増やすとか。
里奈　いろいろ面倒なんですね、写真って。
高柴　そこがおもしろいんだよ。同じネガでも、焼き方一つで、ガラッと印象が変わるんだ。まず、現像時間を決める時に、仕上げまで計算して――

そこへ、エミ・小名浜がやってくる。エミはワンピースを、小名浜はスーツを着ている。

エミ　お待たせ。どう？　この髪型。
里奈　素敵です、とっても。

高柴　あれ？　小名浜さんも一緒だったのか？
小名浜　そこで会ったのよ。ななえさんはまだ仕事？
高柴　ああ。今、電話があって、押してるから、先に行っててくれって。
エミ　ねえ。高柴さんも何か言ってくださいよ。（ポーズを取る）
高柴　おまえ、何か勘違いしてないか？　俺たちは遊びに行くんじゃない、仕事を取りに行くんだぞ。
エミ　わかってますよ、そんなこと。私は私の武器を最大限に利用しようと思ってるだけです。編集者って、やっぱり男の人が多いでしょう？　どうせ仕事を頼むなら、美人のカメラマンにって思うじゃないですか。
高柴　で、その美人はどこにいるんだ。
エミ　ムカつく。小名浜さんはキレイだって言ってくれましたよ。ね、小名浜さん？
小名浜　ドレスがね。
エミ　悔しい！
高柴　（時計を見て）そろそろ出ないとまずいな。（小名浜に）悪いけど、先に二人で行っててくれないか。俺はななえさんの所に寄るから。
里奈　やっぱり、手伝いに行くんですか？
高柴　ああ。（行こうとして）ところで、ななえさんは今、どこにいるんだ？
里奈　すいません。聞きませんでした。
高柴　いいって、いいって。携帯に電話して聞くから。（電話に向かう）

小名浜　ななえさん、今日は何を撮りに行ってるの？
エミ　ポスターです。
小名浜　広告？
エミ　まあ、広告って言えば、広告ですけど。
小名浜　何よ。人に言えないような仕事なの？
里奈　来月、この近くで草野球の大会があるんです。
小名浜　草野球？
里奈　近所の商店街の人たちがチームを作ってて、このビルの大家さんもメンバーなんです。で、昨日、大家さんが来て、せっかくカメラマンと知り合いになれたんだから、ちゃんとしたポスターを作りたいって。
小名浜　それで、引き受けたの？　ななえさんが？
エミ　私は断ろうって言ったんですよ。ギャラも出るかどうか、わからないし。
小名浜　（笑って）何だ。私はもっとデカイ仕事かと思った。新車のモデルチェンジとか、極秘で撮影するって言うじゃない。
高柴　悪かったな、デカイ仕事じゃなくて。
小名浜　いや、別にそういう意味で言ったんじゃなくて。
高柴　だったら、笑うな。ななえさんに対して、失礼だろう。
エミ　ななえさんのことになると、すぐにムキになるんだから。
小名浜　でも、今のは私が悪かった。反省する。

高柴は電話をかける。

高柴 あ、ななえさん？　俺だけど。今、どこにい。

高柴が電話を切る。

小名浜 どうしたの？
高柴 留守電だった。
エミ (笑って) 当たり前じゃないですか。仕事中なんだから。
高柴 笑うな。
里奈 あの、出かけなくていいんですか？
小名浜 そうだった。行くよ、エミちゃん。
高柴 待て。俺も行く。
里奈 行ってらっしゃい。

高柴・エミ・小名浜が去る。里奈も写真を持って去る。
ホテル・ニューオーニタのロビー。
ななえがやってくる。ドレスを着ている。反対側から、檜原がやってくる。スーツを着ている。

檜原　よう、ななえ。

ななえ　檜原さん。

檜原　一瞬、誰かと思ったぞ。ずいぶん、気合いが入ってるじゃないか。おまえも波川のパーティーに呼ばれたのか。

ななえ　檜原さんもですか？

檜原　ああ。しかし、俺はもう帰る。狭い所にやたらと詰め込みやがって。あれじゃ、パーティーじゃなくて、満員電車だ。

ななえ　でも、タダなんだから、文句は言えないでしょう。

檜原　そりゃ、そうだ。おまえ、俺が来るとは思ってなかっただろう。この業界じゃ、有名だからな。俺と波川は犬猿の仲だって。

ななえ　若い頃は殴り合いの喧嘩までしたそうですね。

檜原　そんなこと、誰に聞いた。

ななえ　檜原さんから。

檜原　（笑って）あれから一度も会ってなかったんだが、二週間ぐらい前だったかな。波川から電話がかかってきたんだ。アシスタントを探してるなら、腕のいいヤツを紹介してやるって。

ななえ　私たちが辞めたことを、誰かから聞いたんですね？

檜原　あいつは俺と違って、一人でやってきた。だから、フリーのアシスタントを山ほど知って

ななえ　るわけだ。おかげで、助かったよ。
檜原　じゃ、今日はそのお礼に？
ななえ　まあな。
檜原　そうだったんですか。
ななえ　他に言いたいことはないのか？　波川さんに同情されるなんて大変ですね、とか。
檜原　そんなこと。ご迷惑をおかけして、申し訳ありませんでした。
ななえ　何が迷惑だ。俺はむしろ感謝してるんだぞ。おまえらがいた頃は、目が回るほど忙しかった。何しろ、おまえらを食わせなくちゃいけなかったからな。しかし、今は違う。俺がやりたいと思った仕事しかやってない。いいことだと思わないか？
檜原　ええ。
ななえ　考えてみりゃ、おかしな話だよな。俺は半分、おまえらのために働いてたんだ。波川も驚いてたよ。おまえらに払ってた給料を言ったら。
檜原　そうでしょうね。
ななえ　人がよすぎるって言われたよ。この俺がだぞ。笑っちゃうよな。
檜原　いいえ。本当によくしていただいたと思ってます。
ななえ　俺がアシスタントだった頃は、給料なんか出なかった。タダでプロのテクニックが学べるんだ、ありがたいと思えって師匠に言われて。三日間、水だけで過ごしたこともあった。師匠が撮ったフィルムを海に落として、怒鳴られたこともあった。なぜ落としたかわかるか。

ななえ　さあ。
檜原　腹が減り過ぎて、目が回ったからだ。俺は、こんなのはおかしい、間違ってると思った。だから、自分がアシスタントが雇えるようになったら、絶対に同じ思いはさせない、そう誓ったんだ。
ななえ　でも、給料さえ払えば、何をしてもいいってことにはならないですよね。
檜原　どういう意味だ？
ななえ　檜原さんのところにアシスタントがいつかないのは、人間扱いしてもらえないからです。そこだけは、師匠と変わってないいんじゃないですか？
檜原　なるほどな。その意見は参考にさせてもらおう。
ななえ　すいません、生意気言っちゃって。
檜原　で、どうなんだ。ちょっとは食えるようになったのか？
ななえ　まだ、そこまでは。
檜原　謙遜するなよ。もう二か月近く経つんだぞ。そろそろデカイ仕事が来てもいい頃だろう。

そこへ、エミがやってくる。

エミ　ななえさん、こっちこっち。
ななえ　ごめん、遅くなって。
エミ　いえいえ、グッドタイミングですよ。ちょうど今、檜原のヤツが帰ったところなんです。

檜原　俺はまだ帰ってないぞ。
エミ　ワーオ。
檜原　(ななえに)引き止めて悪かったな。好きなだけ、媚を売ってこい。
ななえ　失礼します。(頭を下げて、歩き出す)
檜原　ななえ。もし辛くなったら、いつでも帰ってきていいんだぞ。
ななえ　え?
檜原　冗談じゃない。本気で言ってるんだ。一年後でも、二年後でもいい。もし食うのに困って、写真を辞めたくなったら。辞める前に、俺を思い出せ。じゃあな。

檜原が去る。エミがななえに近寄る。

エミ　信じられない。今さら、あんなこと言うなんて。
ななえ　気にしない、気にしない。
エミ　でも、檜原さん、本気だって言ってましたよ。
ななえ　バカだな。どうせ、いつもの気まぐれだよ。
エミ　でも、本気だったらどうするんですか?　檜原さんの所に帰るんですか?
ななえ　帰らないよ。今さら、帰れるわけないじゃない。
エミ　そうですよね。たとえ飢え死にしたって、お断りですよね。
ななえ　じゃ、行こうか。(行こうとする)

エミ　あ、ちょっと待ってください。
ななえ　何？
エミ　私、先に帰ってもいいですか？　何だか、すごくイヤな雰囲気なんで。
ななえ　パーティーが？
エミ　まるで、針の筵なんです。誰も相手にしてくれないから。
ななえ　どうして？
エミ　決まってるじゃないですか、檜原さんがいたからですよ。みんな、檜原さんに遠慮して、私たちを避けてるんです。
ななえ　そう。
エミ　私は帰りましょうって言ったんですよ。でも、高柴さんが、ななえさんが来るまで待とうって。
ななえ　わかった。（行こうとする）
エミ　行くんですか？
ななえ　だって、高柴君たちが待ってるんでしょう？
エミ　私は帰ります。ななえさん一人で行ってください。
ななえ　エミちゃん。
エミ　怖いんです、私。
ななえ　しっかりして。こんなことぐらいでビビってどうするのよ。
エミ　でも。

ななえ　堂々としてればいいのよ。私たち、何も悪いことはしてないんだから。そうでしょう？

エミ　（頷く）

ななえ　さあ、行こう。

ななえ・エミが去る。

10

四月七日、夕。かずみのマンション。
開がやってくる。鉢植えのポトスを持っている。反対側から、かずみがやってくる。

かずみ　開。帰ってきたのね？
開　違うよ。
かずみ　じゃ、どうして。
開　（鉢植えを示して）これを取りに来たんだ。そろそろ、植え替えをしなくちゃいけないから。
かずみ　あなた、一人？　ななえは一緒じゃないの？
開　見ればわかるだろう？
かずみ　そう。五時頃に来るって言ってたから、一緒かと思ったのよ。
開　ななえちゃん、何しに来るの？
かずみ　ドレスを返しに。この前、お母さんのを貸してあげたの。
開　（行こうとする）

かずみ　せっかく来たのに、慌てて帰ることないでしょう？　夕御飯ぐらい、食べていきなさい。
開　いいよ。姉さんが待ってるから。
かずみ　ねえ、開。あなた、本気で里奈と暮らしたいと思ってるの？
開　……。
かずみ　里奈が本気だってことはわかったわ。でも、あなたはどうなの？　あの子に引きずられてるだけなんじゃないの？
開　違うよ。
かずみ　高校生に何ができるの。アルバイトで稼いだお金だけで、どうやって暮らしていくの。開だって、本当は無理だと思ってるんでしょう？
開　やってみなければ、わからない。
かずみ　やらなくても、わかるわよ。お願いだから、帰ってきて。家族四人でもう一度、やり直すのよ。お母さん、頑張るから。頑張って、前みたいな家族にしてみせるから。
開　無駄だよ。いくら母さんが頑張っても、もう元には戻らない。
かずみ　偉そうなこと言わないで。誰のおかげで、何の不自由もなく、暮らしてこられたと思ってるの？　お父さんが一生懸命、働いてきたからじゃない。私があなたたちの世話をしてきたからじゃない。それなのに、私たちを見捨てるの？　どうしてそんなことができるの？
開　母さん、みっともないよ。
かずみ　何ですって？

チャイムの音。

かずみ　開。何が言いたいの？

開　やり直せるなんて、思ってないじゃないか。全部、嘘じゃないか。

再びチャイムの音。開が去る。かずみは動かない。そこへ、ななえがやってくる。紙袋を持っている。

ななえ　姉さん。開のヤツ、どうかしたの？　今、飛び出していったけど。

かずみ　ななえ。（泣く）

ななえ　（紙袋を椅子に置いて）これ、ありがとう。私、開を追いかけてくる。

かずみ　行かないで、ななえ。私を一人にしないで。

ななえ　どうしたの、姉さん。しっかりして。

ななえがかずみを椅子に座らせる。

かずみ　何でもないのよ。ちょっと口喧嘩しただけ。

ななえ　本当にそれだけ？　乱暴なこと、されなかった？

かずみ　まさか。開がそんなことするわけないでしょう？

ななえ　私も、この前まではそう思ってた。でも、磐梯って子から聞いたんだ。開が剣道部の子を

かずみ　殴ったこと。
ななえ　……。
かずみ　姉さん、正直に言って。お義兄さんが怪我をしたのは、開のせいじゃないの？　開は里奈を守ろうとして、お義兄さんを殴った。違う？
ななえ　殴ってはいないわ。突き飛ばしたのよ。それで、階段から落ちて。
かずみ　でも、開がやったのね？
ななえ　あの人が里奈を殺そうとしたから。
かずみ　まさか。
ななえ　開がそう言ったのよ。もちろん、私は信じなかったわ。でも、開は間違いないって。お義兄さん、「殺してやる」とか何とか言ったのかな。
かずみ　言ってないわ。でも、開にはわかるの。あの子は特別なのよ。
ななえ　特別って？
かずみ　開が小学校に上がる前に、肺炎になったこと、覚えてる？
ななえ　確か、二週間ぐらい入院したんだよね？　それがどうかしたの？
かずみ　あなたには言わなかったけど、一時は危なかったのよ。先生たちのおかげで、何とか助かったけど。でも、その直後から、おかしなことを言うようになったの。人の周りに、色が見えるって。
ななえ　色？
かずみ　赤とか青とか紫とか。色のついた光が、その人の体の表面から溢れてくるんだって。

ななえ　姉さん、その話を信じたの？
かずみ　もちろん、最初は冗談だと思った。でも、何日も言い続けるから、だんだん心配になってきたの。病気のせいで、おかしくなったんじゃないかって。そうじゃないって言い張ったのは里奈よ。開には本当に色が見える。色の正体は感情だって。
ななえ　感情？
かずみ　赤は怒り、青は悲しみ、紫は憎しみ。感情が強くなればなるほど、色も強くなるんだって。
ななえ　悪いけど、信じられないよ。そんなバカげた話。
かずみ　疑うなら、開に聞いてみて。
ななえ　いや、私は開が嘘をついてるって言いたいんじゃない。嘘にしては、あまりにバカバカしいもの。たぶん、開には本当に見えるんだ。見えるって思い込んでるんだよ。
かずみ　自分で自分に暗示をかけてるってこと？　でも、開には他の人の感情がわかるのよ。どんなに上手に嘘をついても。
ななえ　お義兄さんはどんな色だったの？　里奈を殴った時。
かずみ　黒よ。開は殺意の色だって言ってたわ。
ななえ　お義兄さんには確かめたの？　里奈を殺そうと思ってたかどうか。
かずみ　覚えてなかった。あの人、ひどく酔ってたから。
ななえ　そう。
かずみ　ななえ、私はどうすればいいの？
ななえ　今はじっと待つしかないよ。開たちが答えを出すまで。

かずみ　里奈はどうしてる？
ななえ　ちゃんと働いてるよ。あの様子だと、一カ月、もつかもしれない。
かずみ　それじゃ、困るわ。一日も早く、帰してくれないと。
ななえ　今、帰っても、同じことの繰り返しになるんじゃないかな。
かずみ　そんなことない。時間はかかるかもしれないけど、きっと元通りになる。だって、親子だもの。
ななえ　私もそうなることを願ってる。
かずみ　悪いわね。何なら何まで、お世話になって。イヤだ。まだお茶も出してなかったわね。
ななえ　いいよ、もう帰るから。
かずみ　私が飲みたいのよ。ちょっと待ってて。

かずみが去る。
ななえのマンション。
八木沢・里奈がやってくる。

里奈　ななえちゃん、どこに行ってたの？　八木沢さん、ずっと待ってたんだよ。
八木沢　（ななえに）お帰り。
ななえ　（里奈に）開を呼んできて。
里奈　どうして？

ななえ　いいから、呼んできて。早く。

里奈が去る。

八木沢　今日は来る前に電話したよ。僕は、また後でかけ直すって言ったんだけど、里奈ちゃんが、来ていいって言ったから。

ななえ　悪いけど、帰ってくれないかな。あの子たちと、大事な話があるから。

八木沢　じゃ、終わるまで、向こうの部屋で待ってるよ。それとも、どこかで時間を潰してこようか？

ななえ　でも、どれぐらいかかるか、わからないし。

八木沢　まさか、朝までってことはないだろう？

ななえ　待たせてるって思いながら、話すのはイヤなんだ。

八木沢　だったら、先に僕と話してくれよ。

ななえ　プロポーズの返事なら、今はできない。

八木沢　どうして。

ななえ　他のことで、頭がいっぱいだから。

そこへ、里奈・開がやってくる。

里奈　ななえちゃん、連れてきたよ。
八木沢　(ななえに)君が忙しいのは、よくわかってる。でも、僕はプロポーズの返事をもう二カ月も待ってるんだ。せめて五分ぐらいは話をしてくれてもいいだろう。
ななえ　(ななえに)いいんじゃない、五分ぐらい。
里奈　里奈。
八木沢　最初に確かめておきたいことがある。君は僕と結婚する気はあるのか?
ななえ　それはあるよ。
八木沢　でも、仕事を辞める気はない?
ななえ　少なくとも、今は無理。
八木沢　僕は写真を辞めろって言ってるんじゃないよ。趣味として、続けていけばいいじゃないか。
ななえ　片手間にはやりたくないの。
八木沢　僕と仕事と、どっちが大事なんだ。
ななえ　そんなの選べるわけないでしょう?
八木沢　僕は選べる。君と結婚するためなら、今の会社を辞めても構わない。すぐに次の会社を見つける自信はある。
里奈　それって、選んだことにはならないんじゃないですか?
八木沢　どうして。
里奈　だって、結局、八木沢さんは仕事を続けるわけでしょう?
八木沢　僕が働かないで、どうやって食べていくんだ。

里奈　ななえちゃんに働いてもらったら？
八木沢　でも、子供ができたら？　仕事なんか続けられなくなるだろう。
ななえ　待って、八木沢さん。
八木沢　まだ一分しか経ってない。
ななえ　そうじゃなくて、八木沢さんだったら、どうするの？　私に同じことを言われたら。
八木沢　同じことって？
ななえ　私が働くから、あなたは仕事を辞めてほしいって。
里奈　ああ、そういうカップルもいるよね。
八木沢　（ななえに）辞めるわけにはいかないよ。だって、子供ができたら、どうするんだ。僕が働くしかないじゃないか。だったら、最初から、僕が働いた方いいに決まってる。
里奈　そう言うだろうと思った。
開　姉さん。
八木沢　ななえが言いたいことはわかる。でも、結婚ていうのは、他人同士の共同生活だ。時には妥協しなくちゃいけないことある。
ななえ　私は妥協したくないの。少なくとも、今は。
八木沢　結局、僕より仕事の方が大事だってことか。だったら、これ以上話し合っても、時間の無駄だ。
ななえ　そうだね。私もそう思う。
八木沢　さよなら。

ななえ　さよなら。

八木沢が去る。

開　ななえちゃん、追いかけなくていいの？
里奈　いいのよ。あんな男、別れて正解。
開　（ななえに）八木沢さん、本気だよ。本気で別れるつもりだよ。
ななえ　だから、いいんだってば。
里奈　開。私は何色に見える？
ななえ　え？
開　赤？　それとも、青？
ななえ　青だよ。
開　そう。
ななえ

ななえが去る。

里奈　どうしてななえちゃんが知ってるの？
開　母さんが話したんだ。
里奈　信じられない。他の人には絶対に話すなって言ったくせに。

開　人の口に戸は立てられない。

里奈　あんた、本当にことわざが好きね。で、青って、何だっけ。恐怖？　軽蔑？　すっきり爽やか？

開　バカ。悲しいんだよ、ななえちゃんは。

開が去る。

11

四月九日、昼。ななえのスタジオ。
里奈がパソコンに向かう。そこへ、高柴がやってくる。カメラバッグを持っている。

高柴　あれ？　里奈ちゃん、一人？　ななえさんは？
里奈　暗室です。草野球の大会の写真をプリントしてます。
高柴　大家に頼まれたヤツか？　あれはもう終わったんじゃなかったっけ？
里奈　やり直してるんです。思い通りに仕上がらなかったみたいで。
高柴　こだわるなあ、ななえさんも。いくらこだわっても、金にはならないのに。
里奈　でも、さっき、大家さんが来て、来月の家賃をまけてくれるって。
高柴　マジ？
里奈　最初は二割引きって話だったんですけど、私が「試合に応援に行きます」って言ったら、「やっぱり、三割引きにする」って。
高柴　すごい。君はやっぱり、幸運の女神だ。
里奈　撮影は順調でしたか？　サンキューグラフの写真ですよね？

高柴　今日は中止だ。モデルの肌の調子がよくなかったから。
里奈　大変ですね。締め切りが近いのに。
高柴　とりあえず、先週撮ったヤツをプリントしみるよ。ところで、幸運の女神に質問があるんだけど、その後、ななえさんとあいつはどうなってるんだ？
里奈　あいつって？
高柴　決まってるだろう。八木沢だよ。
里奈　高柴さん、会ったことあるんですか？
高柴　一回だけ。あいつ、ここまで押しかけてきて、プロポーズの催促をしやがった。ななえさん、まさかオーケイしてないだろうな？
里奈　口止めされたわけじゃないから、いいでしょう。二人は昨日、別れました。
高柴　マジ？
里奈　八木沢さんが悪いんです。ななえちゃんの意見をちゃんと聞かないから。
高柴　里奈ちゃん。君は正真正銘の幸運の女神だ！（踊る）

そこへ、ななえがやってくる。クリップに挟んだネガフィルムを持っている。

ななえ　何やってるの？　高柴君。
高柴　いや、たまには運動しようと思って。
ななえ　（ネガを差し出して）これ、高柴君のだよね？　暗室に干してあったんだけど。

高柴　ああ、サンキューグラフのだ。邪魔だったかな？
ななえ　そうじゃなくて、ここにキズが付いてるのよ。あと、指紋も。
高柴　嘘だろう？（ネガを見て）本当だ。
ななえ　（ネガを指して）このフレーム、使えないね。
高柴　（ネガを見て）クソー、いい表情をしてやがる。でも、なぜだ？
里奈　ごめんなさい。私のせいです。
高柴　触ったのか？　ネガに？
里奈　側を通る時に、落としちゃったんです。気をつけて拾ったつもりだったんですけど。
高柴　勘弁してくれよ。
里奈　ごめんなさい。
ななえ　謝って済むことじゃないよ。ネガの表面に直接触るなって、エミちゃんに言われなかったの？
里奈　だから、注意はしたんです。
ななえ　どうして落としたことを黙ってたの？　大したことじゃないとでも思ったの？
高柴　もういいよ、ななえさん。干しっ放しにしてた、俺も悪いんだ。
ななえ　私は許せない。高柴君がその一枚にどれだけ時間をかけたか、わかるから。
里奈　（俯く）
ななえ　私がいいって言うまで、暗室に入らないで。カメラに触るのも禁止。わかった？
里奈　（頷く）

ななえ　ちゃんと答えなさい。
里奈　わかりました。

そこへ、小名浜がやってくる。

小名浜　こんにちは。
高柴　あ、小名浜さん。先週のパーティーはどうも。
小名浜　悪かったたね、ひどいパーティーに誘っちゃって。エミちゃんは？
高柴　次の日から、休んでる。熱が四十度も出て。
小名浜　え？　パーティーのせいで？
ななえ　嘘嘘。ただの風邪だよ。で、今日は？
小名浜　最初は手紙を書こうと思ったんですけど、やっぱり、直接話をするべきだと思って来ました。
ななえ　何なの、改まって。
小名浜　今朝、編集長に言われたんです。今後一切、吾妻ななえの写真を使うなって。
ななえ　え？
高柴　（小名浜に）おい、どういうことだよ。
小名浜　今、言った通りです。お役に立てなくなって、本当にすいません。
高柴　ちょっと待てよ。なぜ今さらそんなことを言うんだ。一度は、ななえさんの写真を使ったくせに。あの時は編集長もオーケイを出したんだろう？

小名浜　ええ……。
高柴　檜原か。あいつが文句をつけてきたのか。そうなんだな？
小名浜　（俯く）
高柴　あの野郎。（電話に向かう）
ななえ　どうするつもり？
高柴　電話するんだよ、檜原に。（受話器を取る）
ななえ　やめなよ。何を言っても無駄だよ。
高柴　一言だけだ。あいつの鼓膜が破れるぐらいの音量で、「バカヤロウ」って言ってやる。
ななえ　ちょっと、高柴君。（電話に手を伸ばす）
小名浜　（ななえの手をつかんで）高柴君、後で私に替わって。「ケツの穴が小せえんだよ」って言ってやる。

高柴が電話をかける。

高柴　あ、檜原スタジオですか？　すいませんが、檜原さんと替わ。

高柴が電話を切る。

小名浜　どうしたの？

高柴　エミだ。エミが電話に出た。
小名浜　え？　どうして？
ななえ　（高柴に）間違いないの？
高柴　あの声は、絶対にエミだ。
ななえ　小名浜さん、またね。（ドアに向かう）
小名浜　まさか、檜原さんのスタジオに？
高柴　ななえさん、俺も行く。

ななえ・高柴が去る。

小名浜　どうしよう。私も行きたいけど、仕事がある。ああ、気になる。
里奈　後で電話します。必ず。
小名浜　お願いね。里奈ちゃん、何かあったの？　目が赤いよ。
里奈　コンタクトがずれただけです。
小名浜　決めた。私、別の雑誌に移る。移れなかったら、会社を辞める。

小名浜が去る。反対側へ、里奈が去る。
檜原のスタジオ。
檜原がやってくる。携帯電話で話をしている。

檜原　来月？　ああ、大丈夫だ。で、予定は何ページなんだ？　……八ページか。どうせなら、沖縄ロケぐらいした方がいいんじゃないのか？　表紙にも使うんだよな。……予算がないなんて言うなよ、天下の中学館が。……うん、考えてくれ。じゃ、また。

檜原が電話を切る。そこへ、ななえと高柴がやってくる。

ななえ　檜原さん。
檜原　どうした、二人揃って。
ななえ　突然お邪魔してすいません。少し、お時間をいただけますか。
檜原　金でも借りに来たのか？
高柴　何だと？
ななえ　（檜原に）お話ししたいことがあるんです。いいですか？
檜原　悪いが、これから出かけるところなんだ。
ななえ　お願いします。すぐに終わりますから。
檜原　強引なヤツだな。
高柴　強引なのは、あんただろう。
ななえ　高柴君、落ち着いて。
檜原　（高柴に）何が言いたいんだよ。

高柴　とぼけるな。中学館に圧力をかけただろう。ななえさんを使うなって。
檜原　使うなとは言ってないぞ。使うなら、俺は手を引くって言っただけだ。
高柴　同じことじゃないか。汚い真似しやがって。
檜原　ずいぶん偉くなったもんだな、高柴。サンキューグラフと付き合えるようになったからって、いい気になるなよ。おまえ、檜原スタジオの出身だって言ったそうだな？　縁を切るっていうのは嘘だったのか？
ななえ　高柴君が作品を送ったのは、ずっと前だったんです。
檜原　ほう、前なら構わないのか。都合のいい解釈だな。じゃ、おまえが小名浜と最初に会ったのはどこだ。おまえの家か？
ななえ　違います。ここで会いました。檜原さんに紹介されて。
檜原　おまえ、言ったよな。「私たちだけでやっていきます」って。あれは俺の空耳か？
ななえ　いいえ。小名浜さんに頼った、私が間違ってました。
檜原　わかったら、とっとと出ていけ。
高柴　その前に、エミに会わせろ。
檜原　エミ？
高柴　しらばっくれるな。エミがここにいるはずだ。
檜原　ああ、いるぞ。しかし、俺が来いって言ったわけじゃない。
高柴　嘘をつくな。エミが自分から来るわけないだろう。

そこへ、エミがやってくる。

エミ　私がお願いしたんです。また働かせてくださいって。

ななえ　エミちゃん。どうして――

エミ　だって、何もできないじゃないですか。ななえさんたちの所にいたら。

高柴　エミ、おまえ。

エミ　ただでさえ経験の少ない私が、檜原さんの名前を出さずに、どうやって売り込むんですか？　結局、雑用しかできないのは目に見えてるじゃないですか。同じ雑用なら、ちゃんとお金をもらえる所でやった方がマシです。

高柴　本気なのか、エミ。

エミ　それに、ここにいた方が勉強になりますから。

檜原　そうだよな。ガキの遊びに付き合ってる暇はないよな。

高柴　もう一回言ってみろ。

ななえ　高柴君。

檜原　(高柴に) 何度でも言ってやるよ。所詮、おまえらの写真はガキの遊びだ。特に、ななえ。おまえの写真は金が取れるような代物じゃない。

高柴　ななえさんを侮辱するのは止めろ！

檜原　いちいちうるさいヤツだな。おまえ、まだななえに惚れてるのか。

高柴　……。

檜原　だったら、ちょうどよかったじゃないか。エミがいなくなって。
ななえ　誤解です。高柴君は——
檜原　いっそのこと、二人で違う仕事を始めたらどうだ？　どっちも半人前なんだから。
ななえ　写真は辞めません。
檜原　俺は親切で言ってるんだ。高柴はともかく、おまえは今すぐ諦めた方がいい。
ななえ　どうしてですか？
檜原　この前、おまえがやったグラビアの評判、知らないのか。
ななえ　小名浜さんの企画ですか？
高柴　（檜原に）あれが何だって言うんだ。
檜原　俺のパクリだってさ。アングルも、構図も、ライトの当て方も。
ななえ　そんなこと、小名浜さんは一言も。
檜原　言われなければ、わからないのか。おまえの写真は俺のコピーなんだよ。しかも、三流の。そんな写真を誰が見たがる。そんなカメラマンを誰が使う。
ななえ　……。
檜原　おまえは無価値なんだよ。カメラマンとしては。
高柴　この野郎！（檜原につかみかかる）
ななえ　（高柴の腕をつかんで）待って、高柴君。
高柴　放せ！　ぶん殴ってやる！
ななえ　頼むから、待って。檜原さんが言ってることは、本当なんだから。

檜原　しかし、カメラマンとしては三流でも、アシスタントとしては一流だ。どこを探しても、おまえみたいに使えるヤツはいない。どうだ。今、帰ってくれれば、元通りの給料を払ってやるぞ。

エミ　え？

檜原　おまえは一から出直すって、自分で言っただろう。だから、給料も一からだ。

エミ　はい。

檜原　なあ、ななえ。いくら足掻いても、無駄だ。おまえには俺のやり方が染みついてるんだよ。

ななえ　それは認めます。

檜原　砂漠に木を植えるような真似は止せ。おまえが傷つくだけだ。

高柴　騙されるなよ、ななえさん。こいつはななえさんを利用したいだけなんだ。

檜原　おまえらはどうなんだ。俺のスタジオを選んだのは、俺を利用したかったからじゃないのか。

ななえ　私は、檜原さんみたいな写真が撮りたかったんです。

檜原　その目的は果たせたじゃないか。おとなしく諦めて、アシスタントに戻れ。

ななえ　お断りします。

檜原　これだけ言ってもわからないのか。

ななえ　何もかも、檜原さんの言う通りです。でも、私はもう気づいてしまったんです。

檜原　何を。

ななえ　ここにいてはいけないって。確かに、ここにいれば、楽です。仕事は全部頭に入ってるし、生活も安定する。でも、私がやりたかったのはアシスタントの仕事じゃない。自分にしか

檜原　撮れない写真を撮ることなんです。
ななえ　おまえには撮れない。
檜原　そうかもしれません。でも、私はもう新しい場所に移ってしまった。そこがどんなに居心地悪くても、踏ん張るしかない。だって、私が選んだ場所なんだから。
ななえ　勝手にしろ。

檜原が去る。エミがななえ・高柴に頭を下げ、去る。

ななえ　行こうか。
高柴　ななえさん。檜原は誤解なんかしてないから。
ななえ　え？
高柴　俺はずっと前から、ななえさんに——
ななえ　高柴君、頼みがある。
高柴　え？
ななえ　来月の個展、私も一緒にやらせてくれないかな。
高柴　別に構わないけど、どうしていきなり。
ななえ　見つけたいんだ。私にしか撮れない写真を。

高柴が頷き、去る。

12

四月九日、夕。ななえのマンション。
かずみがやってくる。ハンドバッグを持っている。

かずみ　ななえ、里奈たちは？
ななえ　奥の部屋。今、呼んでくるよ。
かずみ　その前に、これ。（封筒を差し出して）少ないけど、あの子たちがお世話になったお礼。
ななえ　いいよ、そんなの。私は何もしてないし。
かずみ　じゃ、結婚祝いの前払いってことにして。
ななえ　なおさら、受け取れない。当分、結婚はしないから。
かずみ　忙しいのはわかるけど、あんまり八木沢さんを待たせちゃ、かわいそうよ。
ななえ　大丈夫。八木沢さんとはもう別れたんだ。
かずみ　本当に？　あなたの仕事のせいで？
ななえ　まあ、そういうことになるかな。とにかく、お金はいらない。お義兄さんにメロンでも買ってあげてよ。

そこへ、開がやってくる。植物用の水差しを持っている。

ななえ　開、ちょうどよかった。里奈を呼んできて。
開　ベンジャミンに水をあげてから。
ななえ　水なら、私が今朝やったよ。あんたがうるさいから。

開が去る。

かずみ　あの子、痩せたんじゃないかしら。食事はちゃんとしてるの？
ななえ　してるよ。さすがに母親だね。喧嘩してても、心配はするんだ。
かずみ　当たり前じゃない。あの子たちを産んで、改めて感じたわ。お父さんとお母さんが、どれだけ私たちを大切にしてくれたか。
ななえ　開が産まれた時、おかしかったね。お父さん、顔をクシャクシャにして喜んで。よっぽど男の子が欲しかったんだろうなって思ったよ。
かずみ　そうだった？　里奈の時だって喜んでたじゃない。

そこへ、里奈・開がやってくる。

里奈　ななえちゃん、何？
ななえ　二人とも、そこに座って。姉さんが話があるんだって。
かずみ　まさか、帰ってこいって話じゃないよね？
里奈　そのまさかよ。
ななえ　約束が違う。まだ一カ月、経ってないじゃない。
里奈　里奈、落ち着きなさい。冷静に話せないなら、外に放り出すよ。
かずみ　はい。
里奈　へえ。ななえには素直なのね。
かずみ　そうよ。私たち、ななえちゃんの言うことを聞いて、うまくやってるの。そうでしょう、ななえちゃん？
ななえ　たまにミスもするけどね。
かずみ　（里奈に）でも、今日は始業式だったのよ。明日から授業が始まるのよ。
里奈　関係ないわ。私は辞めるんだから。
かずみ　お願いだから、簡単に辞めるって言わないで。あと一年通えば、卒業できるのに。
里奈　卒業して何になるのよ。大学だったら、検定さえ受かれば行けるのよ。
ななえ　あんた、もう退学届を出したんじゃないでしょうね？
里奈　それはまだ。届には親の印鑑が必要だし。
かずみ　私は絶対に認めないわ。たったの一年がどうして我慢できないの？
里奈　いい加減にしてよ。我慢できないのは学校じゃないの。あんたたちと暮らすことなのよ。

かずみ　里奈！（里奈の手をつかむ）
ななえ　姉さん、落ち着いて。（かずみの腕をつかむ）
かずみ　何よ。いきなり興奮しちゃって。
里奈　退院するのよ、お父さんが。明日。
かずみ　それがどうしたの？　私たちにはもう関係ないわ。
里奈　お父さんは知らないのよ。あなたたちが家を出たことを。
かずみ　言ってないの？　どうして？
里奈　余計な心配をかけたくなかったから。
かずみ　そんなのおかしい。原因を作ったのは、あの人じゃない。
　追い詰められてたからよ。一生懸命働いてきたのに、いきなり辞めさせられて。いくら探しても、次の仕事が見つからなくて。
かずみ　だからって、お酒に逃げることないじゃない。
里奈　もう二度と飲まないって誓ったわ。あなたに手を上げたことも後悔してる。毎日、私が病院に行く度に聞くのよ。「里奈と開は元気か」って。
かずみ　それで、「元気よ」って答えてたわけ？　バカみたい。
里奈　里奈。
ななえ　お母さんて、いつもそう。お父さんがリストラされたことは、ななえちゃんに隠して。私たちが家を出たことは、お父さんに隠して。自分に都合の悪いことは、全部ごまかすんだから。お母さんのそういうところ、大っ嫌い。

ななえ　ちょっと待ちなよ。あんただって、私に嘘をついたじゃないか。
里奈　ちゃんと謝ったじゃない。もう、ななえちゃんに隠してることなんかない。
ななえ　それも嘘だ。一つだけ、あんたが言わなかったことがある。
里奈　何よ。
ななえ　お義兄さんが怪我をしたのは、開のせいだ。開が突き飛ばしたからだ。
里奈　お母さんが話したの？
ななえ　開はあんたを守ろうとした。だから、今度はあんたが開を守ろうとしてるんでしょう？　姉さんだって、同じだよ。お義兄さんを守りたいんだ。守りたいから話せなかったんだ。あんたたちがお義兄さんを見捨てたことを。姉さんを責める資格は、あんたにはないよ。違う？
里奈　……。
かずみ　里奈、私を許して。お願いだから、帰ってきて。
開　わかった。帰るよ。
里奈　開。裏切るつもり？
開　これ以上、ななえちゃんに迷惑をかけたくないんだ。会社を辞めて、大変な時なのに、俺たちを預かって。姉さんのバイト代まで出そうとして。
里奈　それは、ななえちゃんがいいって言ったから。
開　姉さんは、ななえちゃんを利用したいだけだろう？　俺はもういい。いくら親戚だからって、これ以上、甘えたくない。

里奈　だったら、ここを出ればいいじゃない。私たちだけでやっていけば。
開　無理だよ。
里奈　そんなことない。
開　俺たちだけでやっていけるなら、最初からここには来なかったはずだ。それに、姉さんは退学届を出さなかった。その気になれば、印鑑ぐらい持ち出せるのに。本気で辞めたいとは思ってなかったんだ。
里奈　違うよ。
開　別れたくないんだろう、同級生と。部活の仲間と。先生と。俺は最初からわかってたんだ。姉さんがどんなに無理してるか。
里奈　私は無理なんかしてない。
開　忘れたの？　俺に嘘をついても無駄だよ。
里奈　……。
開　俺なんかのために、頑張らなくていい。どんなに頑張っても、できないことはあるんだ。
ななえ　何よ、開。あんた、もう諦めるの？
開　え？
ななえ　何のために今日まで頑張ってきたんだ。あんたの気持ちはその程度だったの？
開　俺はななえちゃんのためを思って。
ななえ　私がなぜあんたたちを預かることにしたと思う。私がしたかったことを、あんたたちがしたからだよ。私もあんたたちぐらいの頃は、家を出たかった。両親と暮らすのが、イヤで

かずみ　イヤで堪らなかった。でも、家を出る勇気は持てなかった。家がどんなにイヤでも、他の場所に行くのは怖かったんだ。

ななえ　ななえ。

かずみ　（開に）でも、あんたたちは決心した。それはとってもすごいことなんだ。それなのに、一カ月も経たないうちに、諦めるって？　本当は最初から無理だと思ってたって？　甘えてるのはあんたの方じゃないか、開。

ななえ　じゃ、あなたはずっとここにいろって言うの？

かずみ　そうは言ってない。

ななえ　でも、あなた、諦めるなって。

開　諦めて帰るのは反対だ。でも、自分の意思で帰るなら、話は別だよ。家に帰ったって、いろいろ大変なのは目に見えてる。それが我慢できるかどうかは、あんたたちの意思にかかってるんだ。

ななえ　俺たちの意思？

里奈　自分で選んだことなら、どんなに辛くても、我慢できるはずだ。

かずみ　私は帰らない。私は自分で選んだの。家を出るって。

里奈　でも、それは開のためでしょう？

かずみ　それだけじゃない。私はあの人に殺されかけたのよ。

　言ったでしょう？　お父さんは後悔してるわ。それに、もしそんなことになったら、今度は私があなたたちを守るから。

里奈　よく言えるね。お母さんだって、私たちを殺したいと思ってるくせに。
かずみ　私が？
里奈　開。教えてあげなよ、今のお母さんの色。
かずみ　(開に) 私が何色に見えるって言うの？
開　黒だよ。あの時の父さんと同じ色だ。
里奈　(かずみに) 私たちが家を出たのは、お父さんに殺されると思ったからよ。今度は、お母さんまで同じ色になってる。これでもまだ帰れって言うの？
かずみ　嘘よ。私があなたたちを殺すわけないじゃない。
里奈　じゃ、どうして黒いのよ。
ななえ　姉さんが殺したいのは、あんたたちじゃないよ。
里奈　じゃ、誰なの？
ななえ　自分自身だよ。そうでしょう、姉さん？
かずみ　……。
ななえ　それとも、里奈の言う通りなの？
かずみ　私はとても幸せだった。夫がいて、子供がいて、みんなで暮らす家があって。私の夢は全部かなったと思ってた。家庭よ。私は幸せな家庭が作りたかったの。それなのに、たったの一年で全部ダメになった。家の中は、お酒の匂いと叫び声でいっぱいになった。
ななえ　だから、死のうと思ったの？
かずみ　何度も何度も。あの人がお酒を飲んで暴れるたびに。里奈にあの人と別れろって言われるたびに。何もできない自分が許せなくて。

ななえ お義兄さんも同じだったのかもしれない。（里奈に）あんたを叩いた時、お義兄さんは死にたかったんだ。子供を叩く自分が許せなくて。

里奈 そんなの、信じられない。

ななえ 私は「かもしれない」って言ったんだ。本当のことはわからない。でも、開なら確かめられる。開。今、姉さんは嘘をついてた？

開 （首を横に振る）

ななえ だったら、お義兄さんに会いなさい。会って、話をしなさい。

開 何を？

ななえ 何でもいい。あんたたちが思ってることを、正直に話すんだ。責めたければ、いくらでも責めればいい。それだって、見捨てるよりはマシだ。あんたたちが見捨てたら、お義兄さんはきっと自分を殺す。今、お義兄さんを助けられるのは、あんたたちだけなんだよ。

かずみ 里奈、私と一緒に帰って。

ななえ イヤだ。私は絶対に帰らない。

開 姉さん、帰ろう。

里奈 帰りたければ、一人で帰ればいいじゃない。私は帰らない。

開 姉さん。

里奈 ……。

ななえ 里奈、あんたは負けたわけじゃない。精一杯やったんだ。だから、堂々と帰ればいい。自分の意思で。

里奈 （泣く）

開 姉さん。

ななえ 開、荷物をまとめてきなさい。里奈の分も。

開 ああ。

里奈 待って、開。私の分は私がやる。

里奈・開が去る。

かずみ ななえ、ありがとう。

ななえ お礼なんか、言わなくていいよ。私は結構楽しかったんだ。あの子たちと一緒に暮らせて。

ななえ・かずみが去る。

13

五月十日、昼。レンタル・スペースのロビー。
高柴がやってくる。右手に金槌を持って、左手の親指を口にくわえている。そこへ、小名浜がやってくる。大きな紙袋を持っている。

小名浜　高柴君、何してるの？
高柴　ちょうどよかった。絆創膏を持ってないか？
小名浜　持ってないよ、そんなもの。何よ、怪我？
高柴　釘を叩こうとして、自分の親指を叩いたんだ。（指を差し出す）
小名浜　（見て）なんだ。ちょっと赤くなってるだけじゃない。こんなの、ツバでもつけとけば治るよ。（叩く）
高柴　いてっ。カメラが持てなくなったら、どうするんだよ。
小名浜　大袈裟ね。それより、これ。（紙袋を差し出す）
高柴　出来たのか？
小名浜　（紙袋からパネルを二枚取り出す）

高柴　（一枚ずつ読む）「高柴史郎写真展『明日へ』」。うん、我ながらいいタイトルだ。「吾妻ななえ写真展『エトランゼ』」。こっちもなかなかいい。
小名浜　本当本当。
高柴　ところで、「エトランゼ」ってどういう意味だ？
小名浜　ちょっと待ってよ。あなた、意味も知らないで、いいって言ったの？
高柴　英和辞典を調べたけど、載ってなかったんだ。
小名浜　載ってるわけないじゃない。「エトランゼ」はフランス語なんだから。

そこへ、ななえがやってくる。

ななえ　「異邦人」て意味だよ。
高柴　異邦人？
小名浜　よその国から来た人のこと。
高柴　でも、ななえさんの写真には日本人しか写ってなかったぞ。
ななえ　私はもっと広い意味で考えたんだ。他の場所から、新しい場所に来た人。新しい場所で、必死に生きてる人って。
高柴　なるほどね。
小名浜　ななえさん、これ、遅くなってすいませんでした。（パネルを差し出す）
ななえ　（見て）カッコいい。結構、かかったんじゃないの？

小名浜　気にしないでください。会社の経費で落としますから。
ななえ　ありがとう。助かるよ。
小名浜　でも、よく間に合いましたね。準備期間が一カ月しかなかったのに。
ななえ　この一週間、ほとんど徹夜だったんだ。
小名浜　いきなり倒れたりしないでくださいよ。
ななえ　大丈夫大丈夫。そうだ。今度の雑誌はどう？
小名浜　編集長が話のわかる人なんで、とってもやりやすいです。この個展が成功に終わったら、ななえさんの記事を書かせてください。
高柴　俺は？
小名浜　ウチは女性向けの雑誌だから。じゃ、私はこれを飾ってきます。

小名浜が去る。

ななえ　高柴君。絆創膏、あったよ。（差し出す）
高柴　ああ、ありがとう。（手を出す）
ななえ　貼ってあげるよ。
高柴　いいよ。
ななえ　自分じゃ、貼りにくいでしょう？　ほら、指出して。
高柴　ありがとう。（指を差し出す）

ななえ　（絆創膏を張りながら）いっぱい来てくれるといいね、お客さん。
高柴　ああ。
ななえ　はい、できた。後は私がやるから、金槌を貸して。（手を出す）
高柴　ななえさん。
ななえ　何？
高柴　俺は、俺は――

そこへ、エミがやってくる。大小の花籠を二つ、持っている。

エミ　こんにちは。
高柴　おまえ、何しに来たんだ。
ななえ　見ればわかるじゃない。お花を持ってきてくれたのよ。
エミ　檜原さんからです。私は「お花屋さんに配達してもらいましょう」って言ったのに、「おまえが直接、持っていけ」って。
高柴　よく顔が出せたな。
ななえ　そんなこと言わないで。（エミに）わざわざありがとう。
エミ　初日、おめでとうございます。これからも頑張ってください。
ななえ　エミちゃんもね。
高柴　ななえさんは本当に人がいいんだから。（エミに）ほら、花を寄越せ。

エミが大きい花籠をななえに、小さい花籠を高柴に渡す。

高柴　なぜ俺のはこんなに小さいんだ？
エミ　これも檜原さんからです。（封筒を差し出す）
高柴　何だ、これ。
エミ　その小さいお花の請求書です。毎度あり。（手を出す）
高柴　あの野郎。

そこへ、八木沢がやってくる。小さな花束を持っている。

八木沢　ななえ。
ななえ　八木沢さん、来てくれたの？
八木沢　当たり前じゃないか。君が招待してくれたんだから。
高柴　（ななえに）どうして招待なんか。もう別れたんじゃなかったのか？
ななえ　私が撮った写真を、見てほしいと思ったから。
高柴　（八木沢に）申し訳ないんですが、開場は一時間後なんですよ。
八木沢　知ってます。何かお手伝いできることはないかと思って、早めに来たんです。

高柴　あなたの手伝いなんかいりませんよ。

エミ　まあまあ。

八木沢　ななえ、おめでとう。（花束を差し出す）

ななえ　ありがとう。（受け取る）

高柴　ずいぶん小さいですね。

エミ　高柴さん。

八木沢　（高柴に）今日は急いで来たから。明日はもっと大きいのを持ってきますよ。

高柴　明日も来るつもりですか？

八木沢　いけませんか？　僕は毎日来ますよ。

高柴　毎日？

八木沢　何度でも見たいんです。ななえが撮った写真を。ななえが見たものを、僕も見てみたいんです。

高柴　カッコつけるな。その科白は、俺が言おうと思ってたんだ。

高柴・エミ・八木沢が去る。
六月十日、昼。ななえのスタジオ。
小名浜がやってくる。

小名浜　ななえさん。ななえさん。
ななえ　え？
小名浜　どうしたんですか、ボーっとしちゃって。
ななえ　ごめんごめん。ちょっと考えごと。えーと、どこまで話したっけ？
小名浜　檜原さんの写真展に行って、「こんな写真が撮りたい」って思った所まで。
ななえ　そうそう。それで、次の日にカメラを買って、手当たり次第に撮り始めたんだ。私が二十の時だから、もう十年も撮り続けてることになるね。
小名浜　辛かったことは？
ななえ　別に何も。
小名浜　檜原さんのスタジオを辞めた時は？　本当は辛かったんじゃないんですか？
ななえ　私は私のやりたいことをやってきた。辛いなんて言ったら、バチが当たるよ。
小名浜　ななえさんて、強いですね。
ななえ　強くない。強くないから、強くなりたいと思ってるんだ。
小名浜　そうですね。自分で選んだ道ですもんね。
ななえ　その通り。だから、落ち込んだ時は、カメラを持って外に出るんだ。行ったことのない場所に行くんだ。新しい場所へ。私はあらゆるものにカメラを向ける。ファインダー越しに見た景色はいつも新鮮で、輝いてる。私は次々とシャッターを切る。時間を忘れて。そこは、私が選んだ場所なんだ。私の場所なんだ。

そこへ、高柴・エミ・檜原・八木沢・里奈・開・かずみ・磐梯がやってくる。ななえが歩き出す。それ以外の九人も歩き出す。新しい場所に向かって。

〈幕〉

あとがき

『雨と夢のあとに』は、成井さんと私が共同で脚本を書いた、連続テレビドラマを元にしています。最初の放映は二〇〇五年の四月から六月にかけて。原作は柳美里さんの、同じタイトルの小説でした。最初にテレビ朝日のプロデューサーさんからお話をいただいたのは、角川書店の雑誌「野性時代」に、まだ連載中の頃。つまり、まだ小説の結末を知らないまま、ドラマの脚本作りがスタートしたわけです（こうなる予定です、とはお聞きしましたが）。

ドラマ化にあたって、柳さんからのご注文は一切なし。好きなように作ってもらって構いません、というお言葉をいただき、打ち合わせを重ね、原作には登場しないライブハウスや、雨と朝晴を明るく見守る早川一家、そして朝晴の両親などの設定が生まれました。

始めの一話から四話あたりまでは、一回ごとに様々な幽霊が現れ、ホラー色もあったのですが、次第に主人公の雨と朝晴の、親子の物語へと焦点が絞られていきました。それにつれて、成井さんと私は、いつかこの作品をキャラメルボックスでやれたらいいね、いや、是非やらせてもらおう、と話し合うようになりました。準備期間も含めると約半年間、雨と朝晴のことを考え続けるうちに、二人にまた会いたい、できれば舞台で、と思ったのです。

参考までに、ドラマ版の主なキャストをご紹介しておきます。雨は、黒川智花さん。原作の雨は小学六年生ですが、ドラマでは黒川さんの年齢に近づけて、中学二年生に変えました。朝晴は、沢村一樹さん。二人の隣人で、朝晴のアドバイザー・暁子は木村多江さん。雨の母親・マリアは杏子さん

（私はバービー・ボーイズの大ファンでした！）。朝晴の高校の先輩で、ライブハウスの店主・早川はブラザー　トムさん。早川の妻・霧子は美保純さん。早川夫妻の息子で、雨のよき相談相手・北斗が速水もこみちさん。ちなみに、雨の担任・藤原はキャラメルの西川浩幸君でした。藤原先生は、残念ながら、舞台版には出てきませんが。

ドラマ『雨と夢のあとに』は、一時間枠で、全十話。単純に計算すると十時間分の物語を、舞台では二時間に凝縮しなければいけません。「やりたい」と言ったくせに、私は正直、「どうやって？」と途方に暮れていたのですが、ドラマの放映が終わる頃には、成井さんの頭の中に、設計図が既にあったようです。そもそも、初めてこのドラマの脚本の話をいただいた時、成井さんと私が、一番魅力を感じたところ。幽霊になってしまった、しかもちょっと頼りない父親が、娘を守るために奮闘する。その軸を中心に、十話分を再構成しよう、と。そして、原作の雨と同じ年齢の福田麻由子さんをヒロインに迎えることが決まり、改めて雨を小学六年生に設定し直して、この戯曲を仕上げました。

福田さんはこれが初舞台でしたが、デビューは四歳の時。既に八年のキャリアを持つ役者さんです。振り返ると、雨のセリフに関しては、福田さんの感性と知性に助けてもらった部分が大きいと思います。もちろん、他の役に関しても、客演の方々、そしてキャラメルの役者たちに、たくさんのヒントをもらいました。ドラマの執筆は、打ち合わせは結構な人数だったりするのですが、実際に書く時は、当然、一人です。撮影現場にも、時々、顔を出すことはあっても、ずっと立ち会うわけではありません。『雨と夢のあとに』の稽古場で、みんなで話し合いながら作品を作るのは、ドラマを書いていた頃と比べると、なんだか不思議にも思える、楽しい時間でした。

あ、ドラマが辛い思い出ばかりだったわけではありません、念のため。あのキャスト・スタッフの方々と過ごした日々がなければ、また同じ作品と数カ月を過ごすことを選んだりはしませんでした。私が初めて『雨と夢のあとに』に出会ってから、もうすぐ二年が経とうとしています。小説・ドラマ・舞台の、どの登場人物も、愛おしい存在です。ご興味がありましたら、是非、小説にもドラマにも、触れてみてください。

ところで、今から四年前の、二〇〇二年。私は映画『命』の完成披露試写会に行きました。監督の篠原哲雄さんとは以前から友人で、映画の中に舞台稽古の場面が出てくるため、協力してほしいと頼まれたのです。結局、大したことはできませんでしたが、それでも試写会に呼んでもらい、そこで遠くから、『命』の原作者である、柳さんをお見かけしました。数年後に、今度は自分が柳さんの作品でドラマや舞台の脚本を書くとは、思ってもみませんでした。『雨と夢のあとに』の舞台化を快く許諾してくださった柳さんに、テレビ朝日の中込さんをはじめ、ご尽力いただいた方々に、深く感謝を捧げます。

『エトランゼ』は、二〇〇一年に上演した作品です。スプリングツアー・ダブルヴィジョンと銘打ち、時代劇『風を継ぐ者』と、ほぼ連続して公演を行いました。『風を継ぐ者』が、男中心の暑苦しい（？）芝居だったこともあり、成井さんと、とことん硬質な、ザラザラした手触りの舞台に挑戦しようと話し合いました。読んでいただけるとわかるかと思いますが、『雨と夢のあとに』とは、まったく違った雰囲気の物語です。

この『エトランゼ』の脚本会議より少し前。私はニューヨークへ観劇旅行に出かけた際、カメラマンをやっている大学時代の後輩の事務所を訪ねました。彼が友人たちと共同で借りているというその事務所は、古びたビルの中にあって、簡単な撮影ができる設備もありました。彼の頼もしい仕事ぶりが窺える場所でした。その話が発端となって、主人公のななえは、独立したばかりのカメラマンに決まったのです。とは言え、写真の知識なんてほとんどありませんでしたから、ニューヨークの後輩はもちろん、知っている限りのカメラマンの方々に、しつこく質問しまくりました。今さら、本当に今さらですが、この場を借りて、お礼を申し上げます。特に祇園君、時差を把握できず、何度も非常識な時間に国際電話をかけたのに、丁寧に答えてくれて、ありがとう。

年齢を重ねるにつれて、お礼を言いたい人ばかりが増えていくことに驚きます。お返しをしなければと思ううちに年を取ってしまった、とも言えます。私にできるのは、精一杯心を込めて、作品を作っていくことだけです。当然ですが、頑張ります。またお会いできることを願って。

二〇〇六年九月二十四日　　　　今年初めて、金木犀の香りを感じた日に

真柴あずき

『雨と夢のあとに』

上演期間　2006年7月30日～8月31日
上演場所　サンシャイン劇場
イオン化粧品　シアターBRAVA！

CAST

雨　福田麻由子
朝晴　岡田達也
暁子　岡内美喜子
マリア　岡田さつき
早川　久松信美
霧子　楠見薫
北斗　畑中智行
高柴／正太郎　三浦剛
ちえみ／沢田　大木初枝
波代／水村　青山千洋
洋平／康彦　篠田剛
広瀬／熊岡　小多田直樹
番場／大谷　小林千恵

STAGE STAFF

演出　成井豊＋真柴あずき
演出補　隈部雅則
音楽監督　加藤昌史
音楽　清水一雄，奥田美和子，ATEETA，
美術　川口夏江
照明　黒尾芳昭
音響　早川毅
振付　川崎悦子〈BEATNIK STUDIO〉
照明操作　熊岡右恭，勝本英志，穐山友則
スタイリスト　遠藤百合子
ヘアメイク　武井優子
ヘアメイク協力　プロメイク舞台屋
小道具　高庄優子
小道具協力　高津映画装飾株式会社
大道具製作　C－COM，㈲拓人
舞台監督助手　桂川裕行
舞台監督　村岡晋，矢島健〈太郎屋〉

PRODUCE STAFF

製作総指揮　加藤昌史
プロデューサー　仲村和生
宣伝デザイン　ヒネのデザイン事務所＋森成燕三
宣伝写真　山脇孝志
舞台写真　伊東和則
企画・製作　（株）ネビュラプロジェクト

『エトランゼ』

上演期間	2001年2月16日～3月18日
上演場所	新神戸オリエンタル劇場 シアターアプル

CAST

ななえ	坂口理恵
高柴	大内厚雄
エミ	小川江利子
小名浜	前田綾
檜原	近江谷太朗
八木沢	西川浩幸
里奈	岡内美喜子
開	藤岡宏美
かずみ	中村恵子
磐梯	青山千洋

STAGE STAFF

演出	真柴あずき＋成井豊
演出助手	仲村和生
音楽監督	加藤昌史
音楽	村田昭，鶴来正基，本田優一郎，他
美術	キヤマ晃二
照明	黒尾芳昭
音響	早川毅
振付	川崎悦子〈BEATNIK STUDIO〉
照明操作	勝本英志，熊岡右恭，藤田典子
スタイリスト	小田切陽子
ヘアメイク	武井優子
衣裳	BANANA FACTORY
小道具	酒井詠理佳
小道具助手	大畠利恵，高橋正恵
小道具協力	高津映画装飾株式会社
大道具製作	C－COM，㈲拓人，オサフネ鉄工所
舞台監督助手	桂川裕行
舞台監督	矢島健〈太郎屋〉，村岡晋

PRODUCE STAFF

製作総指揮	加藤昌史
プロデューサー	仲村和生
宣伝デザイン	ヒネのデザイン事務所＋森成燕三
宣伝写真	タカノリュウダイ
舞台写真	伊東和則
企画・製作	（株）ネビュラプロジェクト

成井豊（なるい・ゆたか）
1961年、埼玉県飯能市生まれ。早稲田大学第一文学部文芸専攻卒業。1985年、加藤昌史・真柴あずきらと演劇集団キャラメルボックスを創立。現在は、同劇団で脚本・演出を担当するほか、テレビや映画などのシナリオを執筆している。代表作は『ナツヤスミ語辞典』『銀河旋律』『広くてすてきな宇宙じゃないか』など。

真柴あずき（ましば・あずき）
本名は佐々木直美（ささき・なおみ）。1964年、山口県岩国市生まれ。早稲田大学第二文学部日本文学専攻卒業。1985年、演劇集団キャラメルボックスを創立。現在は、同劇団で俳優・脚本・演出を担当するほか、外部の脚本や映画のシナリオなども執筆している。代表作は『月とキャベツ』『郵便配達夫の恋』『我が名は虹』など。

CARAMEL LIBRARY Vol. 15
雨と夢のあとに

2006年 11月 5日　初版第 1 刷印刷
2006年 11月15日　初版第 1 刷発行

著者　成井豊＋真柴あずき
発行者　森下紀夫
発行所　論創社
東京都千代田区神田神保町 2-23　北井ビル
tel. 03（3264）5254　fax. 03（3264）5232
振替口座　00160-1-155266
印刷・製本　中央精版印刷
ISBN4-8460-0624-7

CARAMEL LIBRARY

1. 俺たちは志士じゃない◉成井豊＋真柴あずき
併録：四月になれば彼女は　本体2000円

2. ケンジ先生◉成井 豊
併録：TWO　本体2000円

3. キャンドルは燃えているか◉成井 豊
併録：ディアー・フレンズ，ジェントル・ハーツ　本体2000円

4. カレッジ・オブ・ザ・ウィンド◉成井 豊
併録：スケッチ・ブック・ボイジャー　本体2000円

5. また逢おうと龍馬は言った◉成井 豊
併録：レインディア・エクスプレス　本体2000円

6. 風を継ぐ者◉成井豊＋真柴あずき
併録：アローン・アゲイン　本体2000円

7. ブリザード・ミュージック◉成井 豊
併録：不思議なクリスマスのつくりかた　本体2000円

8. 四月になれば彼女は◉成井豊＋真柴あずき
併録：あなたが地球にいた頃　本体2000円

9. 嵐になるまで待って◉成井 豊
併録：サンタクロースが歌ってくれた　本体2000円

10. アローン・アゲイン◉成井豊＋真柴あずき
併録：ブラック・フラッグ・ブルーズ　本体2000円

11. ヒトミ◉成井豊＋真柴あずき
併録：マイ・ベル　本体2000円

12. TRUTH◉成井豊＋真柴あずき
併録：MIRAGE　本体2000円

13. クロノス◉成井豊
併録：さよならノーチラス号　本体2000円

14. あしたあなたあいたい◉成井豊＋隈部雅則
併録：ミス・ダンデライオン，怪傑三太丸　本体2000円

論創社◉好評発売中！